文芸社セレクション

朝陽のぼるこの丘で

―ふね、とり、うま―

藤村 樹

FUJIMURA Itsuki

文芸社

この世界は、悲しみで満ちている。

この広い世界に比べてあまりにちっぽけな僕達は、どうすれば悲しみを乗り越えていけるのだろう。

◇六月二日　午後一〇時三〇分　入院八八日目　記載者：卯野美咲（うのみさき）

美咲は窓際に置かれた一人掛けのソファに腰掛け、夜景を眺めていた。部屋の照明はつけておらず、室内は暗かった。美咲がいたのは超高層ホテルの客室で、窓から見下ろすとビルの群れから漏れ出た灯りが、散りばめられた星々のように輝いていた。湾岸沿いには小規模ながら遊園地も広がっており、赤や青の光で彩られた観覧車が、ゆっくりと回っている。

美咲は飲み残していたグラスの赤ワインを飲み干した。グラスを置き、細くしなやかな指をガラステーブルの上に置かれた皿に伸ばすと、赤く熟れたベリーを口許へ運ぶ。果実をくわえ、美咲はベッドに寝そべっている男の方を見遣る。美咲も男も、裸のままだった。

美咲はベッドの方に駆け寄ると、横になっている男の胸に向かって飛び込んだ。男は横になったまま美咲を抱きとめる。男は驚きの声を上げ、美咲はふざけて笑っている。一頻りじゃれた後、美咲は頭を相手の肩にもたせかけ、右手で男の胸をさすり始めた。

「明日になったら、また私のものじゃなくなっちゃうのね」

男の名は山崎（やまざき）といった。山崎は、自身で企業を立ち上げ、一代で莫大な資産を築き上げた実業家だった。年齢は四十代半ばといったところだが、自己投資を欠かさず、身体はたくましく鍛え上げられ、引き締まっていた。山崎には妻子がおり、美咲とは不倫関係にあった。

美咲にとっても山崎はただの遊び相手に過ぎなかったが、妻を羨むような素振りを見せるのは、不倫に興じる上での様式美だ。

「今晩だけは、俺は君のものだよ」

「ほんと？　嬉しい」

そういって美咲は山崎の身体を強く抱きしめる。山崎が美咲の後頭部を手で支え、口づける。その口づけを合図に二人のキスは徐々に激しくなり、快楽の赴くままにお互いの唇を貪り合っていく。

自身が充分に昂ぶり、濡れたことを確認し、美咲は山崎の上にまたがった。美咲の長い髪が豊かな胸の谷間にしだれかかる。股間に山崎の性器をあてがうと、そのまま腰を沈めて自身の奥深くにめり込ませた。挿入と同時に身体の芯を電流が貫き、美咲は瞬く間に高みの頂点まで登り詰める。美咲は何度も絶頂に達しながら無我夢中で腰を振り、互いの生の部分を強く擦り合わせた。美咲の喘ぐ声が部屋中に響き渡っている。山崎も美咲の腰を両手で支えながら、タイミングを合わせて突き上げた。最初から最後まで絶頂に達したままで、美咲は途中から半分意識が飛んでいた。後々に振り返ってみて、最中のことはよく思い出せなかったが、山崎が苦しそうに眉を顰めている表情を垣間見たような気がした。

「いくよ」

山崎は小さな声で囁くように呻くと、美咲の中に射精した。

美咲は山崎とつながったまま、山崎の胸に頭をもたれかけていた。声を出そうにも、息があがって言葉にならない。時折、思い出したように子宮が痙攣し、身体をびくつかせる。

徐々に身体のほてりが冷め、息を切らしながらもやっと声を出せるようになる。

「あんた、思い切り中出ししまくってるけど、私が妊娠したらどうするつもりなの？」

「金で解決しようと思って」

「……ゲス野郎」

正真正銘のゲス野郎だ。山崎は悪びれる様子もない。だが、山崎の清々しいまでの潔さは小気味よくさえあり、憎めない、と美咲は思っていた。美咲は自分はただのOLだと偽っていたが、実際には、山崎に頼る必要などない程に経済的に自立していた。子供一人くらい自分で養えるという自信があった。たとえ山崎の子を身に宿したとしても、美咲が山崎に認知を求めることはないだろう。山崎の妻に訴訟を起こされる方が、余程面倒だったからだ。

美咲は一旦山崎から身体を引き離し、その横に寝そべろうとする。

「……！」

膣から陰茎を引き抜く時も、まだ敏感になったままの子宮が痙攣し、小さく身体を震わせる。

美咲は山崎の腕を枕にして横になった。暫く放心状態であったが、徐々に平静を取り戻す。

美咲はクンクンと鼻を山崎の身体に押し当て、犬のように匂いを嗅いでみる。汗をかいた後なのでけっして良い匂いとは言えないが、クセになるから不思議だ。山崎が少しくすぐったそうに身を引くと、美咲も更に追い詰めて匂いを嗅ぎに行く。

「何をしてるんだ。そんなに臭うのか？」

「いいの。好きなの、汗の匂いを嗅ぐのが」

男の汗の匂いを嗅ぐのが好きだなんて、自分も相当な変わり者だな、と美咲は思う。

「あ、私もゲス女か」

美咲は思い出したようにポツリと呟くと、いつの間にか眠りに落ちていた。

◇六月三日　午前七時〇〇分　入院八九日目　記載者：卯野美咲

美咲と山崎は早朝にホテルを出発した。美咲は自宅マンションまで送り届けられた後、山崎と別れた。自宅で簡単に身支度を済ませると、自身が医師として勤めている病院へと向かった。淡く茶色に染めた長い髪を後ろで一つに束ね、薄手のブラウスを羽織る。化粧は適当に済ませても、美咲は充分過ぎるくらいに美しかった。

自宅から徒歩数分で駅に到着し、モノレールに乗り込む。平日の朝であったが、始発のモノレールの中はまだ閑散としており、美咲は窓際の席に座ることができた。モノレールの高架線は海沿いに延びて続いている。

美咲が住む御国渚市(みくにのなぎ)は、埋立地を開発して造られた都市だった。都市の造設には主に白色セメントが使われており、モノレールから見下ろす白い街並みには周囲に広がる海の青色が鮮やかに映えていた。

雲ひとつない空はどこまでも澄み渡っていた。だが、そんな清々しい光景とは対照的に、美咲の心情は暗く鬱々としていた。車窓の枠に頬杖をつき、流れていく景色を物憂げに見つめている。

美咲の父は由緒ある財閥の代表取締役であり、資産家だった。美咲は幼少の頃から英才教育を叩き込まれ、また、それらの教育の成果を存分に活かすだけの器があった。勉学、語学、運動、教養とあらゆる分野で才能を発揮し、競争で他人に負けたことはなかった。一流の進学校にストレートで合格し続け、医学部の偏差値が一番高かったからという理由だけで、医者になった。プロの楽器奏者になることも少し考えたが、目立つのが面倒くさかったからやめた。父の仕事は年の離れた兄が引き継ぐことになっている。美咲はただ、淡々と日々の仕事をこなして過ごしていた。

真っ平な人生だと思った。

他の人から見れば羨ましがられるのかもしれない。だが、落ちることのない人生というのは谷がなければ当然山もない。特別な生きがいもやりたいこともない美咲からすれば、つまらない人生に外ならなかった。そう、まるで波風一つ立たない凪の海のように。

やがて、モノレールは目的の駅に到着した。美咲は到着駅を出ると、通勤路である緑道を抜けていく。通りすがる男達は一〇人いたら一〇人が美咲を振り返るが、そのような視線を美咲は気にする様子もない。

両親の期待に応えるように成長した美咲だったが、そんな日々の憂さを晴らそうとするかのように、多くの男と遊び、関係を持った。大抵は二、三回寝たら飽きて捨ててしまったし、一夜限りということも数多くあった。それらの行為には意味や目的はなく、ただの暇つぶしだった。美咲は二七歳だが、特に結婚をしたいとは思わなかった。

そんな中、山崎とは三ヶ月前に出会った。買い物をしに出掛けたところ、街で突然声をかけられた。その日の夜に誘われて、その日のうちに抱かれた。妻子がいるということは最初に告げられていたが、美咲は気にしなかった。最初に寝た日から交際を始め、週に二、三回会うこともあった。三ヶ月という期間は美咲としては異例の長さであったし、美咲から誘う日もあったのは、たしかに珍しいことだった――。

考え事をしているうちに緑道を抜けて、大通りに出た。通りを挟んで向こう側が、美咲の勤務先だった。白色を基調としたガラス張りの巨大な建物は、県内屈指の規模を誇る総合医療施設だ。広大な敷地の背後には、海が広がっている。建物の最上階には『御国渚医療センター』の大きな切文字が打ち付けられ、陽の光を鈍く反射していた。

さあ、今日もかわり映えのない一日が始まる。

◇六月四日　午前八時三〇分　入院九〇日目　　記載者：卯野美咲

美咲は麻酔科医として、御国渚医療センターに勤めていた。年間数千件の手術件数をこなす御国渚医療センターでは毎日の定期手術が枠いっぱいに詰め込められており、一日中手術室に籠ることになる。特に夏季休暇などで麻酔科医が不足している時期や、緊急手術が組み込まれた時には美咲が二部屋同時に麻酔をかけることもある。

美咲はこの日、外科手術三件を担当していた。外科手術は通常、全身麻酔下で行われる。ガスや注射薬で患者を眠らせると同時に、喉奥に気管チューブを挿入し、人工呼吸器に接続する。全身麻酔の導入には点滴ラインの確保や気管挿管など、やることが多く慌ただしい。美咲はそれらの手技を正確かつ迅速にこなし、麻酔薬を用いて患者を適切な深度の眠りへと導く。手術の開始予定時刻までに充分な余裕をもって準備を終えると、手術が開始されるまで椅子に腰かけて待つ。手術が遅延なく開始できるように準備を整えるのも、麻酔科医師の腕の見せ所だ。

全身麻酔は飛行機のフライトによく例えられる。飛行機の操縦が離着陸の際に最も手順が多く、トラブルも多いので細心の注意を要する一方で、一旦目的とする高度に到達して飛行が安定すると余裕が出てくる。麻酔も同様で、患者を目的の深度まで深く眠らせて安定した後は、トラブルが起こらないか監視することが中心となる。実際には、術中の急激な状態変化によって様々な判断や対応が必要とされるわけなのだが、美咲はどんな些細なトラブルの徴候も見逃すことはなく、事態が重大化する前に芽を摘んでいく。心拍数や血圧などのモニターの変化はもとより、患者の体温や呼吸、術野の変化など、あらゆる情報を解析し、適切な対応策を導き出していく。それは一見して、とても『退屈な』麻酔であるように見えた。

また、美咲は実際に目の前で起こっている手術そのものへの興味もとうの昔に消え失せていた。麻酔科医になりたての頃、何度か手術の進行をじっと観察したことがあったが、『自分が覚えて、やった方が早いな』と結論が出た時点で興味を失ってしまったのだ。現在でも大量出血の有無や、特定の薬剤の注入が必要なタイミングを見計らうために手術の進行を見てはいるものの、執刀医の動きに関しては完全に意識の外であった。もっとも、手術の度にトラブルを起こす『トンデモ外科医』が執刀している時には、何度も冷や冷やさせられることになるのだが。

美咲が麻酔科医になることを選んだのは、手先が器用で、様々な技術を要する麻酔手技に適性があることもあったが、何より患者と話さなければいけない時間が最小限で済むからだった。気管挿管などの麻酔手技は患者の体形によって非常に困難な場合があるし、麻酔中の患者を理想的な状態にコントロールすることは決して容易なことではない。理想的な麻酔を美咲は見事に実現してみせているのだが、単に寝ている患者を相手にしている方が楽だからやっているだけなのである。

約五メートル四方の手術室には、一定のリズムを刻む心拍モニターの音、電気メスの作動音、外科医達の話し声、そしてＣＤから流れる音楽が鳴り響いており、意外と賑やかだ。一方美咲はというと、寝ている患者の頭側で人工呼吸器や点滴台に囲まれてちんまりと座っている。誰と話すわけでもなく、ただ座って患者を見守っているのだ。そうして、今日も何事もなく、美咲の一日は終わっていく。

順調に手術が進行していき美咲がぼんやりしていると、入り口の自動ドアが開き、麻酔科の科長がやってきた。身長は美咲と同じくらいだが、地黒で、いかつい身体つきをしている。

「美咲ちゃん、今日も完璧な仕事ぶりね。お疲れ様、食事休憩（エッセン）に行ってきてちょうだい」

麻酔科の科長はいつも昼頃になると交代を申し出に来てくれるのだが、何故か言葉遣いがオネエである。麻酔科医としての実力も申し分なく、よく働く立派な科長なのだが、五〇歳を過ぎても独身を貫いており、ゲイなのではないかと噂になっている。毎日顔を合わせている美咲に言わせれば間違いなくゲイだと思うのだが、まあ、誰に迷惑をかけている訳でもあるまい。

「ありがとうございます！　すぐ戻ってきますので、よろしくお願いしますっ」

美咲はピッと背を正し、愛想よくおじぎする。敬礼でもしそうな勢いだ。基本的に優等生として育ってきたので、職場ではまさしく別人格のごとく猫をかぶっている。

「うんうん。慌てなくていいから、ゆっくりしてきてちょうだい」

人のよい科長は美咲の本性を微塵も疑うことなく、仏のような笑顔で気持ちよく送り出す。これが、毎日手術室で繰り広げられる光景なのである。

美咲は手術室を出ると、売店に向かってのんびり歩きながら携帯のチェックを始める。ＳＮＳにメッセージが一つ、届いていることに気が付いた。メッセージの送り主は、山崎だった。美咲は何気なくメッセージを開いて読み始めたのだったが――。

「は……？」

美咲は眉をひそめ、画面に目を凝らし、もう一度メッセージを見直した。メッセージを見終えると、美咲は食事を取る気が失せ、不機嫌そうに医局へと戻っていった。

◇六月一一日　午後三時五〇分　入院九七日目　　記載者：卯野美咲

白がメインカラーの御国渚市において、黒を基調とした高層ビルの建ち並ぶ区画が、異彩を放っている。このニューヨークを彷彿とさせる現代的なビル群こそ、御国渚市のオフィスエリアであり、国内でも屈指のビジネス街である。そんなオフィスエリアの午後、とある高層ビルの入り口前に赤色のスーパーカーが停車する。運転席のドアが開き、中から出てきたのは、美咲だった。

美咲の愛車は、フェラーリ社のポルトフィーノだった。車の外観に一目惚れした美咲が、富豪である父に、社会人になった記念に唯一ねだった代物であった。スーパーカーをねだる娘も娘だが、父親も大概頭がどうかしているので、娘が珍しく物をねだるのを心から喜び、買い与えた。うら若き婦女子が乗るのにはあまりにも可愛くない車であったが、洗練されたスタイリングと、路面を掴んで離さない走り心地を、美咲はとても気に入っていた。目立ちすぎるので、さすがに職場に乗っていくことはなかった。だが、富豪の娘がスーパーカーに乗って何が悪いというのか。

愛車から出てきた美咲は憮然とした表情である。

原因は、一週間前に山崎から送られてきたメッセージだった。美咲のスマートフォンの画面にはただ一言、『もう会えない』とだけ書いてあった。あまりに唐突で、文脈が不明であった。当然納得がいくわけもなく、美咲の方から何度かメッセージを送信したが、一切の反応が見られなかった。

怒りが頂点に達した美咲は、山崎が起業した会社のビルの正面で出待ちをすることにした。時刻は午後四時前、美咲は夜勤明けだったので、今日は昼過ぎで勤務終了となっていた。

以前、山崎は毎日決まって午後四時に退社していると得意気に言っていた。『新進気鋭の経営者』、『時代の寵児』を自負している山崎に言わせると、世間の定時労働制に合わせる必要などは一切ないというのだ。無理して長々と働くくらいならば、短時間に集中して効率よく働き、早く帰って休養や自己研鑽に時間をかけるべき。それが山崎の考え方であった。

社会を舐めているとしか言いようがないのだが、美咲はそういった枠にとらわれない考え方自体は嫌いではなかった。つまらない常識にとらわれて自分を縛りつけることは愚かしいことのように思えたし、事実、山崎はその自由な発想で一代にして大企業を築き上げた。

美咲がそんなことを考えていると、まさしく時刻が午後四時〇〇分を示すのと同時にビルの自動ドアが開き、山崎が現れた。まったくもって社会を舐めている。

山崎はストライプの黒シャツを羽織り、パーマをかけた髪に無精鬚といった出で立ちだ。いかにも『意識高い系』な出で立ちをしている。山崎は無言で睨みつけている美咲に気が付くと、美咲の方を指さして近づいてきた。

「あれ、美咲ちゃん。こんな所で会うなんて、どうしたの？　俺の会社に何か用？……あ、もしかして」

山崎は、はっと気づいたような表情を見せる。

「俺のことが恋しくなって、会いに来たのか？」

「……」

美咲は無視して、スマートフォンの画面を見せる。画面には、山崎が一週間前に送ったメッセージが表示されていた。

「これ、どういうこと？」

山崎は顔をしかめて画面に顔を近づける。メッセージを読み、ああ、と無感情な声をあげる。急に姿勢を正し、芝居がかった様子で胸に手を当てる。

「君にはとても申し訳ないと思っている」

山崎はいかにも申し訳ない、と言いたげな表情を作ってみせた。

「実は、人生で本当に大切にしなければいけないことがあるということに、気が付いたんだ。俺は、妻と子供を……、家族を大切にしなければならない。そんな当たり前のことに、やっと気が付くことができたんだ」

「……奥さんに申し訳なくなったってこと？」

「ああ、バレなければいいとか、そういう問題じゃないんだ。まず自分に誠実にならなければ、家族と誠実に向き合うことなんてできやしない」

嘘だ、と美咲は思った。このずる賢い男が突然心を改めるということはないだろう。ただ単に飽きただけなのだ。この、私に。

「だから、もう会うことはできない。分かってくれ。……君の幸せを、心から願っているよ」

山崎はそう言って美咲の肩をぽんと叩くと、用は済んだと言わんばかりにすたすたと通り過ぎていく。

美咲は何か言葉を返そうとする。だが、頭では分かっていても、心が声を出す邪魔をする。美咲のプライドが、自分が捨てられたという事実を受け入れるのを拒絶する。

後方で山崎が赤のフェラーリを見つけて口笛を吹くと、待たせていたタクシーにさっさと乗り込んでしまう。その車の持ち主が美咲であるとは、夢にも思っていないのだろう。

美咲は後ろを振り返ることすらできずに固まって、置き去りにされてしまう。そんな自分があまりに惨めで、とうとう笑いがこみ上げてきた。

つまらない枠組みにとらわれて動けなくなっているのは、まさしく今の自分ではないか、と。

◇六月一八日　午後八時〇〇分　入院一〇四日目　記載者：卯野美咲

とある居酒屋の大座敷で、数十人の酔っぱらった男女が盛り上がって、どんちゃん騒ぎしている。騒音の大きさは、飛行機の離着陸場のようだ。

その日は外科の病棟の暑気払いであった。外科と関連が深く、病棟に顔を出すことも多い麻酔科の医師達も宴会に誘われていた。会場の大座敷では長机と掘りごたつが一〇列程並べられ、席は参加者で埋まっている。この会には美咲も出席しており、長机のちょうど中央付近に座っていた。

美咲の左隣では中年の外科医が若い看護師達に囲まれて、過去の実績や武勇伝を得意気に語っている。そういう男に限って、日頃の仕事ぶりはしょうもなかったりするものだ。取り巻いている女性達も表面上は盛り上がって見せているが、「また始まったよ」と言いたげな顔を見せている。大声で自慢話を続けている医師は、そんな女性達の様子など、全く気づく様子がない。

過去の栄光にすがって生きるくらいならば、実績など捨ててしまった方がいい。過ぎ去りし日々を誇っているよりも、新しい『今』を生きることに集中しなければ、人間などたちまち腐ってしまうだろう。美咲はそのことをよく分かっているはずなのに、鬱々とした気分で酒を飲み続け、いつもより遥かに早く酔いがまわっていた。

美咲が荒れている原因は当然、先日の山崎とのやり取りだった。美咲は今まで、男に捨てられることになるなんて、考えたこともなかった。美咲はいつも、捨てる側の人間であるはずだった——。

「ね、先生。聞いてる？」

「へっ？」

美咲は考え事をしているところで不意に肘を突つかれ、間の抜けた返事をしてしまう。声のかけられた方を振り向くと、右隣に座っていた若い女性看護師が小声で美咲に話しかけていた。その武藤（むとう）という看護師は茶髪のロングヘアに白い薄手のニットを羽織っていた。派手目な恰好で、噂話が大好きな今時の女性だった。本人の言うところでは『得意ジャンルはゴシップ』らしく、病院内の噂話で彼女が知らないものはないと言われる程の情報通だった。

「美咲先生ったら、『へっ？』じゃないわよ。あそこで明護先生、ずっと黙り込んで一人でお酒飲んでるでしょ……」

美咲は武藤の指さした先を見る。美咲達が掛けているテーブルの端の席で、明護と呼ばれる医師が周囲の会話に混じらず、黙々と酒を飲んでいた。年齢は美咲と同じか、少し上くらいだろう。美咲は今まで明護という男を意識したことはなかったが、たしか外科の若手として数多くの手術を執刀しているはずだった。

「あんな硬派そうなフリしてますけど、若い女の子の入院患者さんに手を出してるんですって。最近、病棟じゃもっぱらの噂なんですよ。私も四月に七階病棟に来たばかりなんですけど、完全にノーマークだったわ」

「若い患者に!?　それは……、けしからないわね……」

美咲は明護の方を睨みつける。美咲は既に完全に酔いがまわっており、眼が据わっていた。

けしからん。実にけしからん。公平無私でなければならないはずの医師が、こともあろうにいたいけな女性患者に手を出すとは。そう言うのは本来、私の得意ジャンルであるはずだ。ムシャクシャもしてるし、ここはいっちょう、私が奴の獣のような本性を暴き出し、罰をくださねばなるまい。

完全無欠ともいえる美咲の唯一にして最大の欠点が、酒乱（かつ淫乱）であることだった。

飲み会で初めて出会った相手と意気投合し、飲み過ぎた結果、目が覚めたらホテルのベッドで男と裸で寝ていたことは一度や二度ではなかった。そんな時、美咲は決まって「あかん、またやってもうた」と頭を掻くのであった。

普段、美咲は職場では偽りのキャラを演じ、自らの平穏を守っていた。飲み会でも飲酒量を制限し、職場で不祥事を起こさぬように努めている。しかし、この夜は山崎とのいざこざでつい飲み過ぎてしまい、飲酒の制限量をオーバーしてしまっていた。美咲の中の『ハンター』が、鎌首をもたげて、戦闘態勢に入る。

更に酒席が盛り上がり、決められた席を離れて動く人が多くなった頃を見計らう。隣にいた武藤も、いつの間にか賑やかな席の方に吸い寄せられ、いなくなっていた。美咲は何食わぬ顔で明護の正面の席の方に移動する。偶然にも明護の周囲の人々も皆、席を離れており、騒音の会場の中で二人が孤立する形となった。

美咲は『ニコッ』と天使のように微笑みかけ、明護に話しかけた。

「ここ、座ってもいいですか?」

「……どうぞ」

「わーい、やったぁ」

明護は表情の無い声で素っ気なく答える。美咲は明護のそんな様子などお構いなく、正面の席に腰掛ける。

「明護先生とは、こうして手術室の外で話すのは初めてでしたよね。いつも手術見てました」

「ああ、麻酔科の……たしか卯野先生、でしたよね」

手術室は帽子とマスクの着用が必須なので、スタッフ同士が外で出会って「こんな顔だったのか」と思うことは多い。いつも手術を見ていたというのは、大嘘だ。

明護は背が高くがっしりとした体格の持ち主で、淡い麻色のシャツを着ていた。典型的な美男子というわけではなかったが、さっぱりとした短髪と凛々しい顔付きは見る者に若武者のような印象を与えていた。普段もあまり冗談を言わず真面目に仕事をこなすタイプで、一部の女性職員達からは人気があるらしかった。

この目の前にいる男はそんな硬派な男を演じているが、その実態は若い女性患者に手を出す、不届き者であったのだ。本質は山崎という男と何も変わりない。愁いを帯びた表情で黙々と酒を飲み続ける行為さえも、キャラ作りの一環に過ぎなかったのだ。実に腹立たしい奴だが、美咲の前ではそんなキャラ作りも無駄である。ネタは既に挙がっているのだ。

……獣のような本性を暴き出し、罰をくだす。要は誘惑して関係を持ち、弱みを握ろうというのである。硬派ぶっている、この明護という男に、自分も欲に塗れた一介の男に過ぎないという事実を突きつけるのだ。事の成り行きが明るみに出た場合には美咲も弾劾されるであろうが、美咲は仕事などいつでも辞めたって構わないのだ。

かくして、美咲による明護の誘惑作戦が始まる。しかし、この作戦というのがまた実に、しようもないのである。

作戦其の壱　会話でほっこり♡　癒しの高級クラブ作戦

作戦を説明しよう。

一流のビジネスマンは、日々ビジネスの世界という戦場に身をさらし、神経を極限まですり減らしている。老獪なクライアントとの手に汗握る心理戦や、数億円規模の金が動くマネーゲームを戦い抜いている。そんな超一流のビジネスマン達が、疲れきった心の癒しを求めて立ち寄るのが、高級クラブだ。

銀座の高級クラブでは経営者であるママの厳しい指導のもと、ホステス嬢達が日々、会話を盛り上げる技術を磨いている。愚痴は全て親身になって受け止め、さりげなく客を立て、つまらない話を巧みな合いの手で極上のトークへと昇華させるのである。そうして提供された楽しいひと時を過ごすことで、戦士達は傷ついた翼を癒し、また明日から戦場へと羽ばたいていく。一方、そんなホステス嬢達の優しさに甘えず、女の子達や連れて行った部下を如何に楽しませるかで男としての真価が問われるわけなのだが、この続きはまた別の機会で語ることとしよう。

ともかくである。日々の激務で心身ともに疲れ果てた外科医がそんな楽しく優しい会話で癒されたら、好意を抱かないわけがないのである。当然、会話は大いに盛り上がり、アフターに『ホテルに行こう』という話になる。

さあ、ラブ・ゲームの始まりだ。早速美咲が仕掛ける。

「明護先生は、趣味とかあるんですか?」

「趣味ですか?」

「はい」

「趣味……」

明護は昔のことを思い出すように遠くを見つめる。

「本を読むこと……ですかね」

読書か。取って付けたようなありきたりな趣味である。だが、美咲にとっては都合が良い。財閥トップの娘である美咲は社交術としての一般教養も徹底的に叩き込まれている。当然、社会人が押さえるべき文学作品は一通り読破している。村上春樹か?　司馬遼太郎か?　ドストエフスキーとかでもいいぞ。何でも来い……!

「えー、すごい!　どの作家さんがお好きなんですか?」

「いや、そこらへんに並んでいる文庫を適当に。作家とかはよく分かりませんね」

適当過ぎるだろ！　美咲は心の中でツッコむ。明護のテンションの低さに、話が弾む気が全くしない。しかし、美咲はめげずに次の話題に移る。

「休みの日とか、何してるんですか？」

「仕事ですかね。休みはないです」

「………」

そりゃそうだ。というか、美咲も大して変わらない生活を送っていることを忘れていた。

このように、美咲は徹底的に叩き込まれたという社交術を駆使して話を盛り上げようとするのだが、話はただただ低空飛行を続けるのみなのであった。こんなんで良い雰囲気になろうはずもなく、まして『ホテルに行こう』なんて話になるわけがないのである。

なるほど、さすがはこの騒がしい宴会場の中で、誰も見ていないのに淡々とキャラ作りに徹しているだけのことはある。この程度の会話テクではビクともしないようだ。しかし、これはまだ数ある作戦の序章に過ぎない。美咲は次の作戦へ移ることとした。

作戦其の弐　魅惑の谷間♡　ラッキースケベでムフフ作戦

いちいち作戦名がオヤジ臭いのは、きっと美咲の父親が昭和生まれだからだろう。作戦の概要を説明する。

古今東西、男というのは女性の柔らかさや暖かみに弱いものである。ましてそれが胸や尻の柔らかさともあれば、もはや形無しである。更に、身体の接触により距離が縮まれば『今晩、もしかしてイケるかも!?』と男に勘違いさせる副次的な効果もある。要は、偶然を装って胸を当てる、おさわり作戦なのである。

美咲は作戦を実行に移していく。まずはジャブとして視覚で脳を刺激し、一気に主導権を握る。美咲は顔貌はもちろん、スタイルの方も完璧だ。

「はぁ、何だか身体が熱いわ。飲み過ぎちゃったかな……」

そう言って美咲は胸元をはだけさせると、髪をかき分けながら、さりげなく肘で胸の谷間を寄せる。この強烈な視覚刺激にはさすがの明護も悩殺だろう。

美咲がちらと様子を窺うと、明護は空中の見えない何かを目で追いかけている。お前は猫か。

まあ、いいだろう。直に美咲のマシュマロバストに触れ、その柔らかさを知った日には明護の理性が粉砕されるのは間違いない。

「あ、お酒注ぎますね」

明護のビールのグラスが空になるタイミングを見計らい、明護の右隣、テーブルの角の方に移動する。美咲はわざと中身が空のビンを持参している。

「あら、このビン空になっちゃった。そっちのビンはまだ残ってるかしら」

そう言って、美咲は明護の向こう側にある遠くのビンに向かって手を伸ばした。身を乗り出して、自然に明護の肩のあたりに胸を当てるという寸法だ。だが、しかし。

「こっちにもありますよ」

「のあー！」

明護はすぐ後ろのテーブルにも瓶があることに気づき、上半身を捻って手に取り、紙一重で美咲をかわした。美咲はあまりに完全なタイミングでかわされたため、危うく食器で溢れたテーブルの上に顔面スライディングを決めるところだった。明護が美咲の怪しい動きを不審がる。

「？　どうかしましたか」

「ホホホ……。ちょっと勢い余っちゃいまして……」

「？？」

美咲は辛うじて体裁をとりつくろう。

……それにしても、男なら数秒先に起こるであろうことなど容易に想像でき、『お、ラッキー』と考えてじっと待ち構えているものではないだろうか。

もしかして、この男は同性愛者か不能者なのだろうか。いや、たしかに武藤はこの男が『若い女の子の患者さん』に手を出していると言っていたはずだ。それとも何か最近、余程辛いことでもあったのだろうか。いやいや、そんな獣のような男が多少落ち込んだくらいで性欲まで落ちることはないだろう。むしろ、日々の鬱憤を晴らそうと、性欲は亢進するはずである。

……仕方がない。職場の宴会でこの手は使いたくなかったが、ここまでやられて引き下がるわけにはいかない。意地でも、この男を落とす。美咲はとうとう、必殺の切り札を切ることとした。

作戦其の参　二人だけのイケナイ秘密♡　テーブルの下でXXX作戦

ここまで事の顚末を述べてきて、本当に、しようもない話だと思う。だが、ご理解いただきたい。美咲は泥酔しているのだ。泥酔しているから仕方がないのだ。作戦を説明しよう。

この居心地のよい和風居酒屋のテーブルは掘りごたつ式になっており、テーブルの下は死角になっている。まず、飲み物をこぼして拭かせるなど、何らかの方法を使って明護をテーブルの下へと誘導する。合わせて美咲も一緒にテーブルの下に潜り込む。盛り上がっている宴会場の中で、突如として出現した二人だけの空間。そこはまさしく異空間である。高まる期待と興奮の中、美咲は相手の男をじっと見つめ、そして唇を奪う。つまり、チューするのである。突然のことに呆然としている男の手を握り、赤く火照った顔でとどめの一言。『ホテル行こ♡』

自慢ではないが、美咲はこの手を使って男を落とせなかったことは一度もない。……手口としてはベタなのかもしれない。だがしかし、ベタとはやはり、王道なのである。人間なら誰しも、一度は王道を経験してみたいものなのだ。そして何より、可愛い女の子に迫られてみたいのである。

美咲はついに、作戦の封を切る。

「あああ！　手が滑ったぁぁぁ！」

美咲はわざとらしく（本人としては真剣）手に持っていたグラスの水を盛大にこぼし、明護の膝やテーブルの下に大量の水をぶちまける。

「すみません、大丈夫ですか!?」

「大丈夫ですよ」

美咲は謝りながらさりげなく明護におしぼりを手渡し、テーブルの下に潜り込むように誘導する。明護が狙い通り潜り込んだのを確認した後、美咲もおしぼりを握ってテーブルの下へと潜り込む。

床を一通り拭き終わり、ふとした瞬間に美咲と明護の眼が合う。その瞬間を美咲は見逃さない。美咲はしっとりと眼を潤ませ、愁いを帯びた表情で全力の熱視線を送る。これで気がないと思う方が、どうかしている。

明護の動きが止まる。今しかない。美咲は明護の唇を奪うべく、身を乗り出した、その時であった。

ベチーン！

……美咲は一瞬、何が起こったのか分からなかった。目の前が何も見えない。どうやら、明護が美咲の額を掌打したものらしい。明護は無表情のまま、静かに手の平を美咲の顔面から離す。美咲は呆然としたままだ。

「蚊です」

美咲が明護の手の平をよく見ると、確かに蚊が潰れて貼りついていた。なるほど、さっきは空中を飛んでいる蚊を目で追いかけていたのか、と不思議に納得する。明護は美咲に蚊の存在を確認させると、ひょいとテーブルの下から抜け出していってしまった。

……ベタ過ぎる。ベタベタだったはずなのに、更にそれを上回るベタで返されるとは。もはや何のやり様もないではないか。

いや、問題はベタな返しをされたことではない。問題はテーブルの下という異空間で美咲が熱視線を送ったのにも拘らず、明護は一切の関心を示さず、飛んできた蚊に意識を奪われたという事実である。美咲の存在は蚊以下だとでも言いたいのだろうか。

美咲はあまりの屈辱に愕然とし、テーブルの下でわなわなと身を震わせる。そして、思う。

こ、こいつ……。

チン○ついてんのか？

◇六月一八日　午後一一時〇〇分　入院一〇四日目　記載者：卯野美咲

何時ということもなく、いつの間にか暑気払いは終了していた。参加者は三々五々に散っていき、仲の良い者同士で二次会に行ったり、帰ったりしてしまい、気づけば美咲と明護は二人残されてしまっていた。一連の作戦行動の後も、会が終わるまで美咲はあれやこれや明護の気を引こうと策を弄したが、事態は何一つ進展することはなかった。

美咲に付き合わされて、明護も最後に店を出ることとなった。店の外はまだむわっと暑く、辺りは蟬の鳴き声が鳴り響いている。何でも、蟬が夜に鳴くようになったのはここ十数年のことらしい。まだ六月だというのに、まさしく夏の夜といった感じだ。

既に酔っぱらって足がおぼつかない美咲は、明護に支えられてやっとのことで歩いている。しかし、如何様にでもできる状態の美咲を見ても尚、明護は美咲に興味を示さず、仕方なく美咲を連れている様子だった。そんな明護の様子を見て美咲の苛立ちは募る一方で、とうとう本当に最後の悪あがきを始めた。

美咲は突然、明護の背中に思いっきり抱きつき、甘え始めた。

「……今夜は、帰りたくないなぁ」

「いや、明日も手術があるんで。今日はこのまま帰ります」

明護はあくまでも淡々と返す。この期に及んでも仕事の心配か。美咲の怒りは、ついに頂点に達した。美咲はブツブツと呟き始める。

「こんだけ私が誘ってんのに……」

「？」

「こんだけ！　この私が！　誘ってやってるっていうのに！」

美咲は明護の前にまわり込み、もの凄い剣幕で詰め寄る。

「……さ、誘ってたのか？」

「当たり前でしょ！　鈍感か！」

美咲は「あああぁ！　クソが！」などと怒り狂い、頭を掻きむしっている。

明護の眼前に人差し指を突き立て、更に美咲が詰め寄っていく。

「いい!?　あんたがこの先、私みたいなイイ女に迫られることなんて、この先一生ないんだからね！」

「そ、そうか。それは残念だ」

「残念だ、じゃないわよ！　あんた、本当にチン○ついてんのか!?」

ついに思っていたことを口に出してしまった。

明護は少しだけ驚いた表情を見せている。

「酔っぱらうと、随分人が変わるんだな」

「こっちが素だわ！」

美咲は半ばヤケになりながら、喚き散らしている。無理もない。山崎には捨てられるし、明護には関心すら持たれない。今までの美咲の人生では全く考えられないことが、立て続けに起こっているのだ。

それでも明護は美咲を置いて帰ろうとする。

「ああ、畜生！」

最終的に美咲は駄々をこねる子供のように地面に寝転んで、バタバタ暴れ始めてしまった。ミニスカートから下着も丸見えである。これにはさすがの明護も見兼ねてしまい、たまたま通りがかったタクシーを止め、暴れる美咲を無理矢理車内に押し込んだ。

「この人をお願いします。……住所は自分で言えるな？」

明護がタクシーの運転手に車賃を渡そうとすると、「金なんていくらでも持っとるわ！」と美咲に手をはたかれてしまった。

「覚えてろー！」

子供向けアニメの悪役のような台詞を吐きながらタクシーで運ばれていく美咲を、明護は苦笑いしながら見送った。

◇六月一八日　午後一一時三〇分　入院一〇四日目　記載者：明護仁哉

明護、こと明護仁哉は美咲をタクシーに詰め込んだ後、酔い覚ましを兼ねて、自宅まで夜道を歩いて帰っていた。

今日は変な女に絡まれたものだ。あまり普段は話したことがなかったが、まさかあそこまで変な奴だったとは、少しも思わなかった。仁哉は歩きながら美咲のことを振り返ったが、今の自分にとってはどうでもいいことだ。

仁哉は実家が御国渚市内にあるが、三年前から御国渚医療センターの敷地に隣接する公舎を借りて住んでいた。公舎の方が病院に近く、何かあってもすぐに駆け付けることができるからだ。

仁哉は公舎のすぐ目の前までたどり着いた所で、ふと、病院に立ち寄りたい衝動に駆られる。立ち止まり、病院の方を見る。昼間は白く眩しい建物が、今は暗い夜空の中に沈んでいた。

……いや、今夜はもう遅いからやめておこう。あいつもきっと、眠っている。

仁哉は病院には立ち寄らず、公舎の自分の部屋へと帰っていった。

◇六月一九日　午前八時一五分　入院一〇五日目　記載者：卯野美咲

暑気払いの翌日の朝、美咲は医局の机に突っ伏したまま、動けずにいた。二日酔いで具合が悪いのと、昨夜の自分の醜態が恥ずかしくて顔を上げられないのである。記憶がところどころ飛んでいるが、昨夜の出来事は、現実に起こったことに違いない。まさか逆ナンしてベッドに持ち込めないという屈辱を、自分が味わう日が来るとは思わなかった。

「あれ、美咲ちゃん。今日はどうしたの？　元気ないね」

「ちょっと二日酔いで……」

鈴木(すずき)という男性の医師が、机に突っ伏したままの美咲に陽気に声をかけてきた。いつも美咲のことをいやらしい目で見てくる男で（何科の医師なのかも忘れてしまった）、何かにつけて声をかけてくる。美咲はその都度、面倒くさいので適当にあしらっていた。

最悪の気分にますます拍車がかかるが、いつまでもこうして動かないわけにはいかない。始業の時間が迫っているのだ。美咲はのろのろと立ち上がり、仕事に向かう。

その日は木曜日であり、美咲は外来日に当たっていた。美咲は麻酔科の中ではまだ若手だが、既に実力を認められ、自立していた。また、独身であるので時間の融通も利き、昼夜を問わず働いていた。本人の意思とは裏腹に上司からの信頼は篤く、外来の一部を任されていた。

麻酔科の外来の内容は主に、麻酔困難症例の紹介と、ペインクリニックとに大別される。

手術のために全身麻酔をかけるだけで身体には大きな負担がかかり、心臓、肺、腎臓などの内臓機能が落ちている患者は術中トラブルの危険性が高まる。そのため、周術期の危険性を評価し、安全な麻酔計画を立てるため、術前の診察目的に外来で診察することがある。

一方ペインクリニックとは、様々な原因で生じる痛みを和らげることを目的とした医療だ。ちょっとした頭痛や肩こり、神経痛から、終末期患者の疼痛の緩和まで、対象は幅広い。麻酔科医は医療用麻薬を使用する機会が多く、また、神経ブロックなどの麻酔手技にも長けているため、緩和医療に応用することができる。

午前中は術前診察依頼の新患を要領よく捌き、午後は入院患者の病棟への往診依頼が一件のみであった。診察室のデスクに向かったまま、昼休憩の前に印刷された紹介状に目を通す。紹介者名の欄を見て、すぐに美咲は不快そうな呻きをあげ、頭を抱えてしまった。

「げ……」

内容はペインクリニック目的であり、紹介元はなんと、外科の明護仁哉からだった。美咲が新患担当の日だということを知らずに紹介してきたようだが、気まずい相手からの紹介に、美咲は暗澹とした気持ちとなる。しかし、紹介状を読み進めるにつれ、すぐに美咲は内容に心奪われることとなる。

「二二歳!? 若っ……」

紹介された患者は二二歳の女性だった。女性は腹膜偽粘液種の末期患者であり、腹痛と腹部の膨満感を緩和するために大量の医療用麻薬を投与されていた。しかし麻薬の点滴投与のみでは完全な除痛が得られず、吐き気などの副作用も強くなり始めているため、神経ブロックを検討してほしいという依頼だった。

腹膜偽粘液種とは、虫垂(俗に『盲腸』と呼ばれている箇所)や卵巣を原発とした腫瘍で、腹の中でゼラチン状の粘液を産生し続け、他の腸などの臓器を押し潰して占拠してしまう癌の一種だ。発生頻度は一〇〇万人に一人程度と言われる程の希少癌である。唯一の根治法は腹膜切除による完全な粘液除去と術中温熱化学療法のみだが、奏功しないことも多い難病だ。

美咲は電子カルテで紹介患者の直近のCT（コンピュータ断層撮影）画像を呼び出し、腹部の断面図を見て更に驚く。腹腔（腹部の内腔）内はほとんど異常な軟部組織、つまり腫瘍と粘液で占められており、胃や腸は巻き込まれ、押し潰され、正常な組織はごくわずかなスペースに押しやられていた。この腫瘍によって生じる苦痛は、今まで大きな病気にかかったことのない美咲には、とても想像することができないものであった。

患者の名前の欄には、『白河澪舟』と記載されていた。

「しらかわ、みふね……」

美咲は立ち上がると、一階の売店で軽く昼食を済ませ、すぐに外科病棟のある七階へと向かった。

美咲は『七五六』という部屋番号を確認し、ノックする。七五六号室は個室だった。中から「どうぞ」と女性の声がしたので、美咲は静かに引き戸のドアを開け、部屋の中に入る。

入り口に掛かっているベージュのカーテンも開けると、美咲は立ち止まった。そこには一枚の絵画のような風景があった。

真っ白な壁の部屋の中央を切り取るように、窓には鮮烈な青色の海と空が見えていた。そして、物憂げに窓の外を見つめる若い女性の横顔。女性はベッドの上で座っていた。

そのシンプルで象徴的な構図と鮮やかな色使いは一見して近代美術のような印象を与えていたが、美咲の脳裏によぎったのはモダンアートとは程遠い、中世美術の一潮流を象徴する言葉だった。

死を想え（メメント・モリ）――。

一枚絵の背後に潜み、支配していたのは、圧倒的な死の気配であった。窓から見える外の光景が、まるで向こう側の世界であるかのように見えた。しかし、死の気配がその若く素朴な女性に儚さや美しさ、そしてある種の妖艶さを醸し出していたのも事実であった。

暫くの間、美咲が目を奪われていると、女性は美咲が立ち止まっているのに気が付いて、振り向いた。

「こんにちは」

美咲は声をかけられて我に返り、慌てて姿勢を正した。

「こんにちは、初めまして。麻酔科の卯野です」

そう言って、美咲は名札を掲げて見せながら微笑んだ。患者に接する時の営業スマイルは欠かさない。接遇も、仕事を完璧にこなす上での重要なポイントだからだ。

その澪舟という女性は、美咲の名札を覗き込むとぱっと表情を明るくした。

「わ、美咲先生っていうんですね。可愛い名前！」

美咲は想像していたのとは異なるリアクションとテンションにきょとんとしてしまう。そんな美咲の様子などお構いなく、澪舟ははしゃいでいる。

「卯花(ウノハナ)が咲いてるみたいに本当に白くて綺麗。こんな綺麗な人が女医さんやってるなんて……。絶対ロシア人とかのハーフだ……」

そうぶつぶつ呟いた後、はっと澪舟は我に返った。

「あ、ごめんなさい。一人で盛り上がっちゃって。突然こんな言い方失礼でしたよね。入院生活が長くて刺激が少ないから、つい……」

澪舟は恥ずかしがって、頬を赤らめて笑っている。

『卯花が咲いてるみたいに白くて綺麗』、か。文学的な物の言い方をする子だな、と美咲は思った。褒められることには慣れているが、初対面でなかなか珍しいところに目を付けることを面白く思う。澪舟のベッドの周りの棚やテーブルには大量の文学書が積み上げられていた。

「白河さんは本を読むのが好きなのかしら」

「どうぞ、下の名前で呼んでください」

「……そう？　それじゃ失礼して、澪舟さんって呼ばせてもらうわね。澪舟も、可愛い名前ね」

美咲も何故だか少し照れてしまい、コホン、と咳き込む。澪舟は「ありがとう」と小さく礼を言って微笑む。

「そう。私、本を読むのが大好きなんです。活字を読むのが速いのが私の数少ない自慢なの」

そう言うと、澪舟は窓に手をかけて顔を出す。

「あそこに小さな図書館が見えるでしょ？」

澪舟が指差した先を見ると、病院と隣接する敷地の中に、図書館としては小規模の洋館が建っていた。洋館は白煉瓦造りで、芝生の緑とのコントラストが映えて、美しい建物だった。

「あの図書館からお母さんが本を借りてきてくれるんです。そして私が読んだら、あらすじと感想をお母さんに伝える。入院生活が長いから、図書館にある本を全部読破するのを目標に、母子で頑張ってるんです。折角の入院生活なんだから、楽しもうって」

「図書館にある本を全部……！」

美咲は心から素直に驚く。幼少から勉強や習い事に追われ、就職してからも忙しく時間に追われていた美咲には、そんな発想は思い浮かんだこともなかった。

「小さい図書館って言っても、インターネットで調べたら二万冊くらい蔵書があるみたいなんですけどね。毎日のように本を借りてくるお母さんも大変そう」

澪舟は肩をすくめ、困り顔で笑っている。

「澪舟さんは、本当に本を読むのが好きなのね……」

美咲が感心して呟く。澪舟は嬉しそうに頷く。

すると突然、澪舟は見る見るうちに顔を青白くして、気分の悪そうな様子を見せる。

「大丈夫ですか!?　澪舟さん」

美咲が澪舟の背中を支え、ベッドの上で横にさせる。

「ごめんなさい、ちょっとまたお腹が痛くなっちゃって……」

美咲が病室のテーブル上の麻薬の投与記録を見ると、まだ前回投与してから一時間程しか経っていない。やはり、麻薬の点滴投与のみでは疼痛のコントロールが難しくなっているのだ。

美咲はすぐにナースステーションに行ってレスキュー投与用の麻薬を準備すると、病室に戻って澪舟の点滴ルートの側管から薬剤を注入する。ベッドのすぐ脇に屈み込み、澪舟の様子を観察する。

　数分すると、薬が効き始めたのか、澪舟の表情が和らぐ。大きく息を一つつくと、申し訳なさそうに美咲に話しかける。

「手間をかけさせてしまってごめんなさい。おかげ様で、大分楽になりました」

「いいのよ。これが私達の仕事だから。また痛くなったら、いつでも呼んでね」

　美咲はひとまず安堵して、立ち上がる。美咲は、そこでようやく自分が紹介された理由を説明する。神経ブロックを併用すれば点滴薬の量を減らすことができるであろう旨を説明した。

「……明日の午後一時から硬膜外麻酔ポートの造設を行います。ご家族にも詳しい説明をしたいんだけど、午前中に来ることができるかしら？」

「お母さんが明日の朝も来るって言ってたから、大丈夫だと思います。連絡しておきます」

「そう。それじゃ、よろしくお願いしますね」

　美咲は澪舟に微笑みかけて礼をし、病室を出た。

　美咲が病室を出て扉を閉め、廊下に出た所で、目の前に仁哉が立っていることに気付き、ぎくりとする。仁哉はちょうど澪舟の病室を訪れようとしたところのようだった。

色々とあった昨日の今日であり、美咲は何とも気まずそうに顔をそらす。今、一番会いたくない相手であった。顔をそらしたまま足早に通り過ぎようとしたところ、意外なことに、仁哉の方から話しかけてきた。

「卯野先生、白河さんを頼みます。……もう、長いこと痛みで苦しんでいるんだ」

昨日のことなどなかったかのように自然に話しかけられ、美咲は幾分救われた気持ちになる。美咲はまだ目を合わせることはできないものの、なんとか平静を装い、応える。

「も、もちろん。言われなくてもしっかりとやらせてもらうわ。仕事だもの」

少し間を置いて、美咲は視線をそらしたまま続けた。

「……昨日はすまなかったわね。あれだけの醜態を晒した今、あんたに隠すことは何もないわ。私のことも呼び捨てでいいわよ」

美咲はひらひらと手を振ってみせる。

仁哉は「そうか」とだけ言って頷くと、澪舟の病室へと入っていった。

美咲は仁哉の背中を見送ると、自分の仕事へと戻っていった。

◇六月二〇日　午後零時四〇分　入院一〇六日目　　記載者：卯野美咲

翌日の昼過ぎ、美咲は空いてる手術室の中で一人、澪舟が病棟から連れてこられるのを待っていた。外科的処置を伴うので、御国渚医療センターでは手術室で硬膜外麻酔を行うように決められていた。

午前中には澪舟の母親とも初めて会った。年齢は五十代手前といったところだろう、白髪の交じり始めた黒髪を後ろでまとめていた。澪舟と同じく素朴な雰囲気を持っていたが、心優しく、芯の強さを感じさせる女性だった。美咲が手技の内容や、手技に伴う危険性を説明している間も、正面から真摯に内容を受け止めていた。

これから澪舟に行おうとしている硬膜外麻酔は、神経ブロックの一種だ。硬膜外腔という、脊髄を覆う硬膜のすぐ外側に広がるごく狭い空間があり、内部には脂肪組織と静脈が張り巡らされている。背中から、この硬膜外腔に針を刺して硬膜外カテーテル（非常に細いチューブ）の先端を誘導すれば、カテーテルを通して鎮痛薬を投与することができる。こうして得られる鎮痛効果は大きく、硬膜外カテーテルを皮下に埋め込めば長期間にわたって留置することができる。

ただし、硬膜外腔は棘突起という背骨の突起で守られている。麻酔科医は体表の局所麻酔を行った後、針先の感触のみでこの狭い硬膜外腔を探り当てなければならない。シンプルな手技ではあるが、患者の骨格や体格によっては非常に難しい場合があり、確実に医師の『上手い下手』の差が出る技術だ。闇雲に刺せば出血して血腫を作ったり、最悪、硬膜を貫き、脊髄麻痺を起こして訴訟になるケースもある。

医師は患者家族に診療行為を説明することで、義務と責任が生じる。失敗した時の言い訳をするために説明をしているわけではない。美咲は眼をつぶり、何百回とやったであろう手技の手順を頭の中で今一度、シミュレーションした。道具も全て揃っていることを確認する。

美咲が万端の準備を整えたところで、澪舟が病棟の看護師に連れられて入室してきた。澪舟は消毒液で病衣が汚れてもいいように、手術患者用の薄手の病衣に着替えていた。

「美咲先生、よろしくお願いします」

「よろしくお願いします。どうぞこちらへ」

美咲は澪舟を狭い手術台の上で横向きに寝かせると、膝を抱えるように、背中を丸めさせた。背骨の棘突起同士の間を広げて、穿刺を行い易くするためだ。ふと、身体を支えるために澪舟の脇腹のあたりに手が触れた。

「……！」

澪舟の細い身体は、腹部だけが硬く膨隆していた。骨の感触ではないが、どの肉とも異なる独特の硬さは、間違いなく『癌』のそれだった。腹の中がほぼ癌で満たされているということが、触っただけで伝わってくるのだ。

「硬くて、びっくりしちゃいますよね。ほんとに自分の身体じゃないみたい」

美咲の息遣いを背中で感じたのか、澪舟が声をかける。美咲ははっとして、自分の手が止まっていたことに気が付いた。

「……ごめんなさい、続けるわね」

美咲は集中力を取り戻すと、作業を再開した。

消毒を終え、体表の局所麻酔から始めていく。その動きは流れるように淀みがなく、無駄がなかった。美咲の研ぎ澄まされた神経は針の先端にまで行き届き、針先を正確に硬膜外腔へと導いていく。それらは一見して普段と全く変わらない動きだったが、美咲は手技を繰り返す度に、少しずつだが確実に、自分の動きが洗練されていくのを感じていた。川の流れが長い年月をかけて底の石を削り、やがて大きく流れを変えているように。

美咲はスムーズに硬膜外カテーテルを挿入すると、試験的に少量の麻酔薬を注入し、問題なく薬剤が投与できることを確認する。続けて、カテーテルの先端にポートという直径二・五センチ程の薬剤注入部を接続して、左脇腹の皮下に埋め込んだ。ポートを埋め込むのに数センチの皮膚切開が必要だったので、切開部を縫合する。

「終わったわ」

「え、もう?」

持続的に少量ずつ麻酔薬を注入できるポンプを準備してある。ポンプを体外から、皮下の硬膜外ポートに接続し、数分間程澪舟の様子を観察してみる。澪舟の表情が徐々に明るくなっていくのが分かる。

「すごい……!　重苦しい感じがどんどん軽くなっていく」

「よかった。これで点滴からの薬の方は減らせそうね」

硬膜外ポートの造設は無事に成功した。

澪舟は病衣を整えると、迎えにきた病棟の看護師に連れられて手術室を立ち去ろうとした。ところが出口まで差し掛かった時、澪舟は急にくるりと振り返って、美咲の許へ戻ってきた。近くまで来ると、美咲にだけ聞こえる小さな声で囁いた。

「美咲先生って、とっても優しい人なんですね」

美咲はぎくりとした。確かに、美咲は面倒くさいトラブルに巻き込まれるのを避けるべく、仕事中だけは嘘偽りの完璧な人格を装っている。だが何故か、澪舟の指摘は美咲が狙っている『効果』とは違うもののような気がした。何か、美咲自身も気づいていなかった『本質』を見透かされたような気がしたのだ。

「な、なんでそう思うの？」

「だって私、色んな人に何十回、何百回と採血されたり点滴してもらったりしてるんですよ。……そんなの、身体に触れられた時の手つきだけで分かるわ」

澪舟はにこっと微笑むと、呆然としている美咲を置いて、看護師の許へと戻って行ってしまった。

◇七月三日　午後四時五〇分　入院一一九日目　　記載者：卯野美咲

美咲は澪舟に硬膜外ポートを挿入したその日から、毎日澪舟の病室を訪れるようになった。点滴からの鎮痛薬と、硬膜外ポートからの麻酔薬の量のバランスを調整する必要があったからだ。硬膜外麻酔は腹部の痛みには効果が高いが、他の部位には鎮痛効果がなく、息苦しさなどの症状にも効果がないため、点滴薬との併用は必要だった。また、硬膜外ポートは皮下に埋め込まれているものの、長期間留置していると感染を引き起こす危険性があり、定期的に診察する必要があった。

そうして澪舟の病室を訪ねるようになって、気づいたことがあった。

夕方など手術の合間に行くと、仁哉が先に病室を訪れていることがあった。しかも、部屋を覗いてみると、古くからの知り合いのように、親密そうに澪舟と話し込んでいる。仁哉のそのような打ち解けた表情は、他では見たことがなかった。時間も、長い時は一〇分以上話し込んでいるようだった。

その日も、担当していた手術が全て終わり、夕方に澪舟の病室を訪れたのだが、仁哉が先に訪れていた。美咲は仕方がなく、ナースステーションの椅子に腰かけ、暫く待つこととした。

七階病棟は南向きに建っており、ナースステーションを中心に東西の廊下と南側の廊下に病室が並ぶ間取りとなっている。ステーションの中央は広くスペースを取られており、看護師が作業するためのテーブルや点滴を調合するための作業台が設置されている。東西は患者家族が声をかけやすいようにカウンターのみで仕切られ、広く開けている。南側の廊下へは細い通路が一つあるのみで、通路を挟んだ壁掛けのデスクに、医師用の電子カルテのパソコンが左右に三台ずつ設置されている。

澪舟のいる重症個室はナースステーションからよく見える東側の廊下にあり、美咲は南側に設置されたパソコンの前で座っていることになる。

美咲が退屈そうに待っていると、病棟の看護師が話しかけてきた。藤田（ふじた）という中年の看護師で、おっとりしていて人が良い女性だ。美咲が病棟を訪れて用事を頼む時も、いつも親切に対応してくれていた。

「あら、美咲先生。澪舟ちゃん待ち？」

「藤田さん……」

高い能力をもつ美咲は意識するとしまいとに拘らず、敵を作りがちであったが、意外なことにコメディカルからは慕われていた。仕事そのものに面白みはなくとも、与えられた業務にはプロフェッショナルを貫くのが美咲の信条であり、その姿勢は評価されていた。また、美咲自身、例えば看護師は看護のプロフェッショナルであり、自分にはない技術や知識を持つ専門家であると考えていた。自分にない物を持つ全ての人間には、一定の敬意を払わなければならない。そうした考えが、周囲の人間には自然と伝わっていたのかもしれない。話しかけてきた藤田も、美咲に対しては親しみを感じているようであった。

「そうなんです。私が訪ねてみると、ちょくちょく明護先生がいるんですよね。しかもいつも結構長話ししてるし」

美咲が溜め息をつくと、藤田が「まあまあ」と笑って励ます。

「仕方ないわね。明護先生は澪舟ちゃんの病気が最初に見つかった時から担当だし、もうかれこれ数年の付き合いだから、思い入れも深いのよね」

「数年の付き合い、ですか」

そう言えば、澪舟の電子カルテでは初診時から仁哉が記載している記事が多かった。

「あんまり思い入れが深いから、新人の子達は、明護先生が澪舟ちゃんにちょっかい出してるなんて言って面白がってるみたいだけどね。澪舟ちゃんは本当に可哀想な子なのよ。とても良い子だし」

「ああ……」

美咲は先日の宴会で武藤が言っていた仁哉の『噂』のことを思い出した。仁哉が手を出しているという噂の原因となった『若い女性』とは、澪舟のことであったのだ。

「美咲先生も、澪舟ちゃんには良くしてあげてね。……あ、ごめんなさい。……はい、はい、今行きまーす」

ナースステーションの中央にはナースコールのための受話器があり、病室から電話がかけられるようになっている。ナースコールの着信音が鳴ったので、藤田は受話器を取り、呼ばれた病室の方へと行ってしまった。

「思い入れ、ねぇ……」

美咲は再び澪舟の病室の方を見遣る。病室からは時々、澪舟の明るい笑い声が聞こえてきた。

◇七月五日　午前一〇時三〇分　入院一二一日目　　記載者：卯野美咲

ピッ、ピッ、ピッ――。

規則正しいリズムを刻む心電図モニターの音だけが静かな手術室の中で響いている。生命の電気活動を反映しているとはとても思えない無機質な音だ。ずっと聞いていると、意識が遠のいてしまいそうになる。

その日も、麻酔をかけていた美咲はいつものように患者の頭側、麻酔器の脇にちんまりと座っている。だが、美咲の様子がおかしい。美咲は強い吐き気に襲われ、大きな手術室用のマスクの上からでも分かる程に顔が蒼白い。

美咲はとうとう耐えられなくなり、麻酔科の科長のＰＨＳに電話をかける。科長は何かトラブルがあったらすぐに駆け付けられるように、待機している。その時も、科長はすぐに駆け付けてくれた。美咲は吐いてしまわないように、口元を押さえてうずくまっていた。

「ずみません、先生。替わってください……」

「美咲ちゃん、大丈夫？　昨日も、一昨日もじゃないの」

しかし美咲はそれに応える余裕はなく、口元を押さえたままトイレに駆けていってしまった。部屋を出る時、看護師や執刀医達が心配そうに声をかける。

美咲はトイレの個室に閉じこもると、今朝食べたものを全て吐いてしまった。胃の中のものが空っぽになっても、まだ吐き気が治まらない。

二、三日前から同じような症状が続いている。熱があるわけでも、風邪のような症状もないのだが、ただ何となくずっと胃がムカムカするように気持ちが悪いのだ。こんなことは初めてだった。そう言えば、今月は生理が遅れている。

美咲は息切れしながら、トイレの水を流す。

もしかして――。

美咲はかろうじて洗面台の所まで辿り着くと、鏡に映るやつれた自分の顔を見つめた。

◇七月六日　午後一〇時〇〇分　入院一二二日目　　記載者：卯野美咲

翌日の夜、美咲は自分の借りているアパートの部屋にいた。テレビもつけず、薄暗いリビングで物思いに耽っていた。やがて意を決すると、美咲は山崎の携帯に電話をかけた。スピーカーの向こうで流れていた着信音が途切れ、山崎が電話に出た気配がした。

「久しぶりね」

美咲の方から話しかける。山崎は少し怒っている様子だった。

「いきなり電話をかけるなと言ってあったじゃないか。今日はたまたま出先だったからよかったが……」

「私、妊娠したの。あんたの子よ」

「……！」

暫く電話の向こうで沈黙が続いた後、「ああ、そうか」と無感動な声が聞こえた。

妊娠検査薬を買ってきて、昨日と今日と何回も検査したが、何回やってもはっきりと陽性だった。美咲は間違いなく妊娠していた。

「それはおめでとう」

「おめでとう？」

山崎の他人事な声ぶりに、美咲は違和感を覚えた。山崎が話を続ける。

「それで？　どうするつもりなんだ？」

「どうするつもりって、どういうこと」

「産むのか、産まないのかってことさ」

「……」

美咲は暫く沈黙した後、答えた。

「産むわ、もちろん。私の子だもの」

「そうか」

山崎は無関心な態度を崩さず、美咲は苛立ち始める。しかし山崎は一向に構う様子などない。

「申し訳ないが、認知はしない。色々と面倒なんでね」

「…………！」

「ああ、もちろん。養育費は保証するよ。子供一人育てても、余裕を持って遊べるほどにね」

「あんた、自分はもう関係ないっていうの」

「？　養育費は出すって言ってるじゃないか。それに、最初から『金だけ払う』って言ってあったはずだ」

「……あんたって奴は……！」

「なんだ、養育費だけじゃ足りないっていうのか？　意外と欲張りなんだな。分かったよ、いくら欲しいんだ？　君の望みの額を言ってごらん」

美咲は口を開けたまま、何も言えなくなってしまった。この男は、ここまであっさりと美咲と、その子供を切り捨てられると言うのか。

いや、山崎はたしかに、最初から金で解決すると言っていた。山崎は自分が言っていたことを、忠実に遂行しようとしているだけなのだ。美咲もそれを受け入れていたはずだった。思っていたこととやろうとしていることが食い違っているのは、美咲の方なのだ。

美咲は掠れた声を絞り出す。

「……訴えるわよ」

「おっと、それは大変だ。訴えられたら大変困る。私にも立場というものがあるからね。だが、私が本気を出せば、君を社会的に抹殺することもできるんだよ」

口止め料の次は、脅迫か。美咲は怒りを通り越して、笑ってしまう。

美咲のバックに圧倒的な経済的強者がいることなど、山崎は夢にも思っていないだろう。大財閥のトップである美咲の父親が軽く一息吹けば、ぽっと出のベンチャー企業など一瞬で消し飛ぶのだ。

だが、美咲は復讐のために自分の父親を頼るつもりはなかった。子供を産み、公表して訴え、騒ぐだけ騒ぎ、山崎の家庭も、会社も、全てめちゃくちゃにしてやるつもりだった。たとえそれで自分の身が危うくなろうとも、一向に構わなかった。この、自分に仇なす者に対する激情の強さこそ、美咲が父親から真に受け継いだものなのか

<table>
<tr><td>書　名</td><td colspan="4"></td></tr>
<tr><td rowspan="2">お買上
書　店</td><td rowspan="2">都道
府県</td><td rowspan="2">市区
郡</td><td>書店名</td><td>書店</td></tr>
<tr><td>ご購入日</td><td>年　月　日</td></tr>
</table>

本書をどこでお知りになりましたか?
1.書店店頭　2.知人にすすめられて　3.インターネット(サイト名　　)
4.DMハガキ　5.広告、記事を見て(新聞、雑誌名　　)

上の質問に関連して、ご購入の決め手となったのは?
1.タイトル　2.著者　3.内容　4.カバーデザイン　5.帯
その他ご自由にお書きください。
(　　)

本書についてのご意見、ご感想をお聞かせください。
①内容について

②カバー、タイトル、帯について

弊社Webサイトからもご意見、ご感想をお寄せいただけます。

ご協力ありがとうございました。
※お寄せいただいたご意見、ご感想は新聞広告等で匿名にて使わせていただくことがあります。
※お客様の個人情報は、小社からの連絡のみに使用します。社外に提供することは一切ありません。

■書籍のご注文は、お近くの書店または、ブックサービス(0120-29-9625)、セブンネットショッピング(http://7net.omni7.jp/)にお申し込み下さい。

料金受取人払郵便

新宿局承認

3970

差出有効期間
2022年7月
31日まで
(切手不要)

郵便はがき

160-8791

141

東京都新宿区新宿1－10－1

(株)文芸社
愛読者カード係 行

ふりがな お名前		明治 大正 昭和 平成 年生 歳
ふりがな ご住所	□□□-□□□□	性別 男・女
お電話 番　号	(書籍ご注文の際に必要です)	ご職業
E-mail		

ご購読雑誌(複数可)	ご購読新聞 新聞

最近読んでおもしろかった本や今後、とりあげてほしいテーマをお教えください。

ご自分の研究成果や経験、お考え等を出版してみたいというお気持ちはありますか。

ある　ない　内容・テーマ(　　　)

現在完成した作品をお持ちですか。

ある　ない　ジャンル・原稿量(　　　)

もしれない。

「……また連絡するわ」

そう一言だけ言うと、美咲は相手の返事を待たずに通話を切った。怒りで手が震えていたことに、その時初めて気が付いた。


しかし翌日の朝、起きて暫くしたところで、美咲は体調の異変に気づく。いや、正確に言えば異変がなくなっていたのだ。

あれだけ怠さと吐き気があったのが、まるで嘘のように無くなってしまっていた。嫌な予感がした。美咲はすぐに余った妊娠検査薬を使ってみると、はっきり陽性だったはずの試験薬が、全く反応しない。

その後は仕事中も具合が悪くなることはなかった。次の日も、その次の日も妊娠検査をしたが、やはり反応は見られなかった。

妊娠検査薬が反応しなくなって三日目、夜勤明けの日に、市外の産婦人科のクリニックを受診した。妊娠した経緯やパートナーに関しては適当に嘘をついた。超音波検査では、胎嚢を確認することができなかった。

更に数日経った後の夜、自分の部屋にいた時に、中身が出てきた。人間の素になるはずであった、中身が。美咲は暫く呆然として、その血の塊を見ていた。

受精卵が着床のみしたところで流産が起こった。いわゆる、化学流産というものだった。

「ふっ……。ふふふ……」

美咲は俯いたままくつくつと笑っていると、とうとう大きな声で笑い出してしまった。

「あはははははは！」

全てを完璧にこなしてきたこの自分に、まさか失敗することがあるとは思わなかった。自分は子供を作るということに失敗したのだ。

いや、そう言えば最近も仁哉を誘惑しようとして、失敗したばかりだった。『失敗は続くもの』とは聞いていたが、どうやら本当だったらしい。

あんな屑のような男との間に子供ができなくなって良かった。これで晴れてまた、いつも通りの日々に戻れる。

だが、それでは自分は今、どうして涙を流している……？

子供を産み損なったことで、山崎とのつながりが、本当になくなったような気がした。あれだけ憎かったはずの男とのつながりが、全て消えてしまったような気がしたのだ。

美咲は訳も分からず、ただ泣いていた。

◇七月一二日　午後三時一五分　入院一二八日目　記載者：卯野美咲

流産をした後も、美咲は休むことなく、通常通り働いていた。

数日の間は耐え難い程の空虚さに襲われていたが、よくよく考えてみれば空虚に淡々と仕事をこなしているのは、いたって普段通りであることに気が付いた。特に変化のない心電図モニターを眺めながら、ただ時間が過ぎていくのを待つ。

今日は、仁哉が執刀の肝切除の麻酔に割り当てられており、美咲も朝からずっと手術室に籠りきりだった。

いつもは術野の方はトラブルが起こっていないかたまに覗くだけなのだが、その日はふと、仁哉の手術というものを見てみようという気になった。美咲は立ち上がって、離被架（りひか）（患者を保護するアーチ状の架台）の向こう側を覗き込んでみる。

肝臓は既に半分程割れており、手術は佳境にさしかかっているようだった。

肝切除では、肝臓内で複雑かつ立体的に絡み合う動脈・静脈・胆管を、適切なラインで切り進めていかなければならない。腫瘍に近過ぎても離れ過ぎてもいけない。特に肝静脈は脆くて出血しやすく、細いものは一、二ミリメートルの太さだ。そんな細い脈管が、数十本、数百本と密集している。

次々と状況判断が迫られる中、仁哉は求められる『解答』に向かって実に合理的に、真っ直ぐにアプローチしていく。メスの刃先は無駄な動きを極端に省かれ、常に直線的に組織に切り込んでいる。その刃捌きにはなんの迷いも感じられなかった。

美咲のように手先が器用、というのとは違う。厳しい鍛錬の末に辿り着いた境地であり、明らかに後天的に得られた技術だ。それは仁哉の実直な性格をよく反映しており、まさしく『若武者』の言葉が相応しいように思われた。

美咲が見ている間にも手術は順調に進み、傷つけてはいけない中枢脈管に接近する箇所を無事に過ぎようとしているようだった。

そのうちに麻酔科の医員が交代にやってきて、美咲は夕方の回診に向かった。


夕方の回診では、翌日麻酔を担当する患者の術前回診や、自分が担当した患者の術後回診を行う。一通りの回診を終え、美咲は澪舟の病室へと向かった。

美咲は澪舟の病室に入る。時刻は午後四時をまわったところだが、窓から差し込む光はまだまだ明るい。時折海風が吹き込み、カーテンを優しく揺らしている。そんな爽やかな風とは裏腹に、澪舟は浮かない顔をしていた。美咲の方から話しかける。

「こんにちは。……今日の調子はどうだった？」

「時々お腹がぎゅうっと締め付けられるように痛むの。吐き気も少し。もちろん、腰の痛み止めを始めてもらう前よりはずっと楽なんですけど」

「そう。痛み止めと吐き気止めの量を、また少し増やしとくわね」

「うん、ありがとう」

　澪舟の病状は急速に悪化していた。硬膜外麻酔を導入した直後こそ疼痛の制御ができていたが、数日前から再び痛みが出始め、必要な薬剤の投与量がどんどん増えている。澪舟も気丈に振る舞ってはいるが、ひどくなっていく自分の症状に不安を感じている様子だった。

「あ、鳥——」

　病室の窓枠に白色の小さな鳥が留まり、部屋の中を覗き込んでいた。澪舟が寂しげに呟く。

「ありきたりかもしれないんですけど。やっぱり入院生活が長いと、鳥になってどこか遠くに行ってしまいたいなって、思っちゃうんですよね」

「病室の外へ自由に飛び出したいと思うのは、自然なことだわ」

　美咲が頷く。と、澪舟が何かを思い出したような素振りを見せる。

「ねぇ、美咲先生。私、古文の詩集なんかも好きなんですけど……」

　そう言うと澪舟はベッドの周りにあった鞄の中をゴソゴソと探すと、手のひら程の大きさの本を一冊取り出した。本を胸元にあてて表紙を見せる。古文の詩集に現代語訳を併記した本のようだった。

「古代から人は、鳥や舟に自分の想いを託して、遥か遠くに届けてほしいと願っていたみたいなの。鳥は空を、舟は海路(うみぢ)を。誰かの想いを背負って運んでいくの――。だから、鳥と舟(わたし)は、仲間なのよ」

澪舟は鳥を見つめて微笑む。鳥は視線を感じたからか、またどこかに飛び立って行ってしまった。青く広がる海の方へ羽ばたいていく様を、澪舟はじっと見届ける。

「……なんてね。ちょっと感傷的になり過ぎたかしら」

澪舟は笑って舌を出す。美咲も、澪舟に笑顔を返す。

「そろそろ、私は手術室の方に戻るわね。何かあったら、遠慮せずに呼んでね」

「はい、ありがとうございました。美咲先生もちょっと疲れてるみたいだから、あまり無理しないで、時々休んでくださいね」

澪舟の指摘に、美咲はまたぎくりとする。

たしかに美咲は山崎との電話の後、あまり眠れない日々が続いていた。だが、美咲の不調に他人が気づいて指摘してきたのは、澪舟が初めてだった。まったく、この子にはかなわないと、美咲は思う。

「お気遣いありがとう。それじゃあ、また」

美咲は澪舟に別れを告げ、病室を後にした。

◇七月一五日　午前一一時二〇分　入院一三一日目　記載者：卯野美咲

澪舟の痛みのコントロールに苦慮する日々が続く。

その日は海の日で、祝日だった。病棟や救急当番の医師は出勤していたが、通常の外来や手術は休みとなっており、病院のスタッフ達も普段よりはゆったりとした空気の中、仕事を行っていた。

美咲も麻酔科の休日当番として、病棟の回診を行っていた。緊急手術となればお呼びがかかるが、その日は幸い手術になりそうな急患は訪れておらず、ゆっくりと回診することができた。このような静かな日というのは、緊急手術の件数も多い御国渚医療センターとしては、貴重な一日であった。

いつものように各病棟をまわった後、最後に澪舟の病室をまわろうと思ったのだが、先に仁哉がいて、やはり澪舟と話し込んでいた。美咲は時間に余裕があったので、仁哉が出てくるまでナースステーションで待つこととした。

一〇分近く病室にいた後、やっと仁哉が出てきた。仁哉もナースステーションの方にやって来て、電子カルテのパソコンの前に腰掛ける。美咲は、パソコンの画面と向き合っている仁哉のすぐ後ろまで歩いていき、話しかけた。仁哉は『白河澪舟』のカルテ画面を開いていた。

「その患者さんの治療方針に関して、話があるわ。ちょっと付き合って」

「……卯野か。俺も君に話したいことがあった。今日は珍しく時間がある。少し出かけよう」

仁哉は立ち上がり、美咲と共にナースステーションを出た。

仁哉は美咲を連れて、病院の建物を出て、敷地の裏手に向かった。敷地内は患者やその家族が散歩できるように小さな遊歩道になっている。そして、遊歩道を抜けた先は海に面していた。海に面した箇所は波止場のようになっており、小さなボートなどが停められるようになっていた。

仁哉と美咲は波止場の先端まで行き、海の際に並んで立つ。その日の海は、静かな一日を象徴するかのように穏やかだった。美咲の方から、仁哉に話しかける。美咲は澪舟の回診に行くようになってから、仁哉とはちょくちょく病院内で話すようになっていた。

「ずいぶん、あの子にご執心みたいね」

「……ああ、澪舟のことか。君の方こそ熱心に診てくれてるみたいだな。とても感謝している」

美咲は首をかしげる。仁哉が呼ぶ『澪舟』の名の響きには、信頼を築き上げた医師と患者の関係以上の親密さが感じられた。

仁哉は海の方を見ながら、話を続ける。

「澪舟は君のことをとても気に入っている。『白い妖精』だの、『ロシアの至宝』だの、時々訳が分からんことも言っているが……。とにかく君が病室を訪れることを楽しみにしているんだ。これからも良くしてやってくれ。そして……」

仁哉は、辛そうな表情を垣間見せる。

「できれば、苦しまずに逝かせてやってくれ」

「………」

美咲は神妙な面持ちとなり、返す言葉に窮する。美咲は重い静けさというものが苦手だった。やがて空気に耐えられなくなり、明るい調子で場の雰囲気を変えようとする。

「もちろん、私にできることは何でもさせてもらうわ。でも、いくら主治医だからって、ちょっとあの子に入れ込み過ぎなんじゃないの？　そんなんじゃ医療者側（こっち）の気持ちが滅入っちゃうわ。知ってる？　あんた、看護師さん達から『患者とデキてる』なんて噂されちゃってんのよ」

「本当のことだから、仕方ない。気持ちも滅入るさ」

「そうそう。仕事は仕事、患者との適度な距離感が大事……え？」

美咲は仁哉の言っていることがすぐには呑み込めず、間の抜けた表情を見せる。

「俺は白河澪舟と交際している。もっとも、主治医と患者の関係になるよりずっと前からの知り合いだが。付き合い始めてから、もう四年になる」

「つ、付き合ってる……!?　四年……!?」

美咲は、開いた口が塞がらない。

「……あんた、歳、いくつだっけ？」

「二九だ」

仁哉は美咲の二歳上だった。澪舟は二二歳だったはずだ。

「あ、あんた……」

美咲は驚愕のあまり、眼を見開いた。わなわなと身体を震わせ、震える指で仁哉を指さし、かろうじて言葉を紡ぎ出す。

「……そんな真面目そうな顔して、未成年とヤったんか？」

美咲が言い終わるか言い終わらぬうちに、仁哉の手刀が美咲の脳天を直撃する。その太刀筋は実に見事で、後に美咲はその時の衝撃を『頭に雷が落ちたようだった』と語る。

頭を押さえてうずくまる美咲の傍らで、仁哉が溜め息混じりに呟く。

「最初に気にするポイントがそこか」

美咲はしばらくうずくまっていたが、やがて自分の頭をさすりながら、ふらふらと立ち上がる。目は涙目だ。

「……あんたと澪舟ちゃんは、そんな前から知り合いだったわけ？」

仁哉が頷く。

「ああ、それこそあいつが小さい頃からよく知っている」

仁哉はぽつ、ぽつと、澪舟と出会った頃の話をし始めた。

◇入院サマリ　白河澪舟　女性　二二歳二ヶ月　記載者：明護仁哉

澪舟の家族が仁哉の住む家の二軒隣に家を買い、越してきたのは仁哉が小学校高学年の頃だった。仁哉達の家は御国渚市内にあり、現在の御国渚医療センターからも程近い場所にあった。

人懐っこく、活発な少女であった澪舟は、すぐに仁哉に懐いた。家の近くの公園で会えば遅くなるまで一緒に遊んだし、澪舟が学校に通学するようになって、通学路で仁哉を見かけるとすぐに駆け寄っていった。

年月が過ぎるとともに、活発で、いつも小麦色に日焼けしていた少女は、いつの間にか読書を愛する、知性を兼ね備えた女性へと成長していた。

仁哉が市内の大学に合格して医学生となったことを知った澪舟の両親が、仁哉に家庭教師になることを依頼した。仁哉はアルバイトとして澪舟の家庭教師となり、指導は澪舟が中学一年生の時から始まって、仁哉と同じ大学に合格するまで続いた。そして澪舟の合格が決まった後、どちらから言い出すともなく、二人の交際は始まっていた。

二人が初めて『恋人同士』として出掛けたのは、澪舟が大学に慣れ始めた五月頃のことだった。御国渚市には港湾沿いに広がるショッピングモールや遊園地など、恋人達が遊びに行くのには絶好の場所がひしめき合っていた。だが、二人が喫茶店でゆっくり過ごした後、澪舟がデートスポットとして選んだのは、御国渚医療センターのすぐ傍にある小さな図書館だった。

「せっかく志望の大学に受かったのに、まだ勉強し足りないのか?」

図書館へと向かう道中、仁哉が澪舟をからかう。

「勉強しに行くわけじゃないもん。いいでしょ、好きなんだから。大学の授業も忙しくて、最近来る暇がなかったの」

白煉瓦の図書館は小さいながらも、洋風の瀟洒な造りで、趣があった。蔵書の種類も豊富で、読みやすい文庫から高度な専門書まで多様に揃えてあった。

澪舟をからかいつつも、仁哉は図書館という空間が嫌いではなかった。図書館の中に入るといつも、古書の匂いと、音がどこかに吸い込まれていくかのような静けさに包まれる。そして何より、先人達が遺した多くの叡智に囲まれているかのような、敬虔な気持ちにさせられた。もっとも、大学生だった頃の仁哉は附属の図書館に授業をさぼって昼寝をしに行くことがほとんどだったのだが。

澪舟は目をつけた本をどっさりと持ってきて机に置くと、嬉しそうに読み漁り始めた。すぐに深い集中状態に入り込み、仁哉の存在など忘れてしまっていた。その集中力を勉強にも発揮できれば医学部も夢ではなかったのに、と仁哉は苦笑いする。仁哉は以前、澪舟に何故そんなに本が好きなのか尋ねたことがあった。澪舟の言い分としては、「好きなことに理由などない」とのことだった。ただひたすらに、本の手触りが好きらしい。

夢中になって読書している澪舟を横目に、仁哉も適当に本棚から文庫の小説を取ってきて、時間を潰すこととした。本棚に並ぶ作家の名前は、仁哉が知らない名前ばかりだ。

日が暮れる頃になって、ようやく澪舟は本をぱたんと閉じた。

「あー、楽しかった。帰ろ」

澪舟はとても満足気だ。仁哉は澪舟のペースに振り回されているような気がしたが、本人が楽しそうなので良しとした。

夕暮れの帰り道、街灯の明かりがつき始めた頃、二人は並んで歩く。ふと、澪舟が小さく呟いた。

「今日は親が夫婦で旅行に行ってて、家に誰もいないの。弟は部活で合宿」

その日の夜、二人は初めて身体を重ね合わせた。呼吸をするかのように自然な営みだった。仁哉と澪舟、二人の波長が、穏やかな海に舟を浮かべているかのような、心地のよい揺らぎを生みだしていた。もちろん、そのことの経緯を美咲に話すことはなかった。今は遥か遠い、幸福な記憶。

澪舟が御国渚医療センターへ搬送されたのはその約一年後の春、夕方七時頃のことだった。

突然に発症した右下腹部の痛み。発症の経過や腹部の症状からは急性虫垂炎、いわゆる盲腸が疑われた。

その夜たまたま当番に当たっていた仁哉が駆け付け、CT検査の指示を出す。澪舟は仁哉が来たのに気づいて、激痛に顔を歪ませながらも、嬉しそうに見えた。

仁哉は出来上がった腹部ＣＴの画像を見て、驚愕の余り手で口を覆ってしまった。

「なんだ、これは……！」

虫垂炎であることには間違いない。虫垂が異常に腫大しており、炎症を伴っているのは明らかだ。だが、虫垂の内部には明らかに大量の液体が貯留しており、虫垂の根本である上行結腸には広い範囲にわたって大量の軟部組織が付着していた。また、腹腔内にも炎症反応では説明がつかない程の量の液体が貯留していた。

外科医がこの画像を見て、『腹膜偽粘液腫』の名が思い浮かばないわけがない。ただ、自分が目の当たりにしている事実を信じることができないだけなのだ。澪舟が、難病に侵されていたという事実を。そのことに、そばにいた自分が全く気づくことができなかったという事実を。

とにかく、重症の急性虫垂炎で緊急手術が必要なことだけは間違いがない。炎症を起こしている箇所を切除しなければ澪舟は数日と持たずに命を落とすだろう。

「……明護、俺がやるか？」

背後で一緒にＣＴ画像を見ていた上司の瀧本(たきもと)が、声をかける。明らかに動揺している仁哉をいたわり、手術の執刀を申し出る。瀧本は年齢は四十代半ばだが、消化器外科チームの中心となる存在だ。

「……いえ、僕にやらせてください……！　大切な人なんです」

仁哉は澪舟の家族にだけ全てを話し、澪舟には虫垂炎で手術が必要であることを伝えた。澪舟は手術を受けることになったのにも拘らず、嬉しそうに笑っていた。

「仁ちゃんが手術してくれるんだね。この身で腕前を確かめてあげるわ。よっ、名医。ヘマるなよ」

「ああ、約束する。絶対にお前を死なせない」

澪舟はすぐに手術室へと運ばれ、手術が開始された。

下腹部正中の皮膚を切開して開腹した。CT画像の通り、腹腔内には大量の粘液が貯留していた。虫垂は通常の数倍の大きさに腫大しており、上行結腸にはごつごつとした腫瘍が進展していた。恐らく、元々虫垂に発生していた粘液産生腫瘍が大腸の方に進展しており、腫瘍が増大して虫垂の根本が閉塞したため、今回の炎症を引き起こしたのだろう。回盲部切除（盲腸・虫垂を回腸と上行結腸の一部を含んで切除する手術）でなんとか炎症のある箇所は切除することができたが、既に腹腔内に腫瘍はばら撒かれており、手術で全て取りきることは不可能な状態であった。

第一助手をしていた瀧本が、仁哉を励ます。

「今回は残念ながら撤退だ。だが、まだ希望はある。炎症が落ち着いたら、癌の治療を始めよう」

「……はい」

手術が終わり、全身麻酔から目を覚ました時、手術台の上で意識朦朧としながらも澪舟は仁哉を探した。仁哉はそばにいて、澪舟が目を覚ますのを見守っていた。

「……仁ちゃんは？　仁ちゃんはいますか？」

「ここにいるよ」

「手術はうまくいったの？」

「ああ、なんとか炎症のある箇所を取ることができた」

「よかったぁ……。仁ちゃん、ありがとう」

澪舟は心から安心した表情を見せ、病室の方へと運ばれていった。


約二週間後、虫垂炎の状態から回復し、体力も回復した澪舟の退院が決まった。夕回診の時に、仁哉の口から退院を告げることとした。回診で医師達が訪れた時、澪舟はベッド上で正座していた。ちょうど、澪舟の母親も傍らに付き添っていた。

「澪舟、今日の体調はどうだ？」

「うん。食欲もあるし、もうすっかり元気。お腹の傷はまだ少し痛むけど、痛み止めを飲めば大丈夫」

澪舟は笑いながら、お腹をさすっている。

「そうか、それは良かった。……一度、退院してみようか」

「え、退院していいの？　やったー！」

澪舟は諸手をあげて、子供のようにはしゃいだ。真の病状を知っている母親が、複雑な表情をしながらも微笑みかけ、娘を祝福する。澪舟は仁哉の方を振り向き、笑顔を輝かせる。

「ほんとに嬉しい！　仁ちゃん、ありがとう！」

更に二週間後、退院してから初めての外来受診日に、仁哉は澪舟に腹膜偽粘液腫であることを告げた。澪舟には両親が付き添っていた。

「私……、本当に癌なの？」

澪舟は悲しむというより、まだ事態が飲み込めず、事の重大さが分からないでいる様子だった。

「ああ、本当だ。画像所見、手術所見も一致する。病理検査（顕微鏡で組織の状態を観察する検査）でも、腹膜偽粘液腫として矛盾しない所見だった」

「そっか……。私、癌なんだ」

「手術で治してあげることができなくて、すまなかった」

澪舟は首を横に振る。

「ううん。だってあの時手術をしてくれなければ、どっちにせよ私、死んでたんでしょ……？」

　澪舟は機械のように答える。自分が癌であるという事実を唐突に突きつけられ、感情が一時的に麻痺してしまったようだった。

「仁哉君、この子はもう治すことはできないの？　何か方法はないの？」

　澪舟の背中に寄り添っていた母親が、澪舟の頭の上から乗り出すようにして尋ねた。

「腹膜偽粘液腫を専門に治療している施設は日本に数ヶ所しかありません。そちらに紹介して、手術と抗癌剤の治療を行ってもらうことになります」

「そう。それじゃ、その施設に紹介してもらえるのね？」

　母親は、わずかでも希望があることを示され、表情を明るくさせた。

「ええ、すぐに紹介します。先方から返事が来たら、受診しに行きましょう」

　一週間後、澪舟と両親達は県外の専門施設を受診しに行った。その後、手術を受けたが、実際に腹腔内を隅々まで観察してみると、腫瘍は広く、深く進展しており、完全切除は不可能だった。腫瘍減量手術（腹腔内の播種・転移巣を可能な限り摘出する手術）のみ行い、手術は終了となった。

　手術が終わった後、澪舟は仁哉の外来へと戻され、抗癌剤治療を続けることとなった。抗癌剤はほぼ効果がなく、腫瘍は再び増大していった。仁哉は三ヶ月おきに撮る腹部CT検査で腫瘍が増大していく様を、為すすべもなく見ていることしかできなかった。

抗癌剤治療を開始しておよそ一年後、腫瘍により腸管が圧迫されて潰され、口からは何も飲み食いすることができなくなった。経口で栄養を摂ることができなくなったため、毎日大量の点滴が必要となった。中心静脈ポートという器具を腕の皮下に埋め込み、そこに針を刺して現在に至るまで点滴を続けている。

その頃から、澪舟は度々入院や退院を繰り返すようになった。点滴のみで栄養を管理しているため、血中の電解質の値が狂ったり、中心静脈ポートが感染を起こして入れ替えたりすることが必要になったからだ。腫瘍が腹腔内を占拠する程大きくなったため、胆汁の通り道が圧排され、胆管炎も繰り返すようになった。胆管炎を起こす度に発熱や腹痛、黄疸に苦しめられた。苦痛を和らげるために医療用麻薬の投与も始まった。

澪舟はもう一年以上、食事という行為を一切行っていない。そして今回の入院が最も長く、全身状態が安定しないため、ずっと入院したまま退院することができない。恐らく今回が最後の入院となるだろう。

澪舟は緩やかに、だが通常の人よりも遥かに速い速度で、確実に死へと向かっていた。

◇七月一五日　午前一二時三〇分　入院一三一日目　記載者：明護仁哉

話を終えた仁哉は話を終えると疲れたように溜め息をついて、黙り込んでしまった。遠くで波が立ち上がっては崩れていく様を、ぼんやりと見つめている。

仁哉のそんな様子を美咲はしばらく見守っていると、仁哉ははっと我に返り、隣に美咲がいたことを思い出す。

「話が長くなってしまってすまなかったな。……そういえば、ここまで全部の話をしたのは瀧本先生の他は、お前が初めてだ」

仁哉と澪舟に深いつながりがあることは、信頼している上司の瀧本にしか伝えていなかったらしい。仁哉が澪舟の部屋で親密に話し込んでいる様子を見て、今までの経緯を知らない若手の看護師達が面白がって、例の噂が立てられたという訳だ。そういえば、武藤も四月に外科病棟に異動してきたばかりだと言っていた。

仁哉が、呟くように美咲に問いかける。

「澪舟の旅はもうすぐで終わりを迎え、そして新たな旅が始まる。……なぁ卯野、あいつの新しい旅立ちに、俺は何を手向けることができる？　あと俺に、一体何ができる……」

仁哉は一瞬、身体が引き裂かれるように辛そうな表情を見せた後、再び黙り込んでしまった。

そんな仁哉の様子を見て、美咲も溜め息をつき、どうしたものか、と腕を組んで考え込み始める。しばらく考えていると、ふと何かを思いついたのか、美咲の頭上で豆電球の灯がともる。

「……お前、何してるんだ？」

美咲はいそいそと仁哉の白衣を改め始めた。白衣の中に財布や携帯などの貴重品が入っていることを確認すると、仁哉の白衣を脱がせ始める。仁哉は白衣の下に病院で借りている手術着や靴下、サンダルを身に纏っていた。

「じゃあ、ここに立って」

「……？」

美咲は仁哉を波止場の端っこに立たせた。白衣は丁寧に足元に畳んである。

「準備はいい？」

「は？」

美咲は仁哉の背後でカンフーの達人のごとくスウゥ、と息を吸い始め、集中力を高めていく。美咲の集中力の高まりと共に、仁哉の嫌な予感も急速に高まっていく。

「安心して。急所は外すわ」

「急所？」

「あちょー！」

「なっ!?」

美咲は仁哉の背中に全力のハイキックをかまして、海に突き落とした。仁哉はなし崩しに倒れ込み、どぼーん、という音とともに大きな水飛沫をあげて海に落下した。

仁哉は水中で体勢を立て直すと、立ち泳ぎで水面から顔を出す。手で濡れた顔を拭うと、美咲に向かって叫んだ。

「何するんだ!?」

美咲はしゃがみ込み、海に落ちた仁哉の方を心配そうに覗き込んでいた。

「ああ、よかった。泳げなかったらどうしようかと思った」

「どうしようかと思った、じゃねーわ！」

美咲はあらそう、と特に悪びれる様子もない。

「お前、何考えてんだ!?」

「いや、すごい落ち込んでるからさ。これくらいふざけないと笑わないかな、と思って」

美咲は立ち上がると、頭をぽりぽりと掻いている。

「は……」

美咲のあんまりな返事に仁哉は開いた口が塞がらない。だが、やがてじわじわと笑いが込み上げてきて吹き出してしまい、最後には大声で笑いだしていた。

「はっはっはっはっは！」

仁哉は腹が痛くなるまで、笑い続けた。服を着たまま海に突き落とされて、変なテンションになったせいもあるかもしれない。だが、こんなに腹の底から笑ったのはいつぶりだろうか。言われてみれば、澪舟の病気が発覚して以来、心の底から笑ったことはなかったような気がする。

笑い疲れた仁哉は海に浮かんだまま、波にたゆたう。空を見上げてみると、青色がどこまでも遠くまで澄み渡っていた。空がこんなにも広かったのだということを、いつから忘れていたのだろう。

ふと、美咲がいることを思い出し、視界の隅にいた美咲の方へ向き直る。美咲はワクワクした顔で仁哉のことを観察していた。

目的の解決と、そのために実行する手段が極めて短絡的な人間。きっと、美咲のような人間をサイコパスというのだろう。仁哉は美咲へ声をかける。

「卯野、お前はイカれてる」

「最高の褒め言葉だわ」

美咲は両手に腰を当てて胸を張ると、満面の笑顔でうなずいた。

◇八月七日　午後四時三〇分　入院一五四日目　記載者：卯野美咲

「それじゃ、グッと押すわね」

「はい。……んっ……！」

美咲は新しく薬剤を補充したポンプの接続針を、澪舟の硬膜外ポートの注入部に刺し込む。ポンプ内の薬剤は麻薬と局所麻酔薬とが混合されており、痛い時にはボタンを押すだけで薬剤を追加注入できる構造になっている（自己調節鎮痛法）。

美咲はポンプの交換のために澪舟の病室を訪れていた。ポンプ内の薬剤の配合は麻薬の濃度がどんどん高くなっていた。麻薬の濃度が高くなれば鎮痛効果は高まるが、当然体内に蓄積する麻薬の濃度も高くなっていく。

「中の麻薬の量、また増えてるのね」

澪舟はポンプの表面に記載された薬剤の濃度を見て、溜め息をつく。医療用麻薬は痛みに対して適切な量が投与されれば中毒にならないことが分かっている。だが、麻薬の投与量が増えているのは事実であり、美咲も嘘をつくことはできない。

「そうね。でも、必要なものは仕方がないわ。丁度よい所の量を探していきましょう」

「……はい」

澪舟は素直に頷きながらも、窓から遠くを見つめている。

やはり、短期間でこれだけ痛みが強くなるのが普通であるわけがない。間違いなく、澪舟の体内で今までになかったことが起こっているのだ。そして、そのことは誰よりも澪舟自身が感じているようだった。ゆっくりと、だが確実に、『終わりの時』が近づいているということに。

美咲がかける言葉を探していたところ、澪舟の母親が病室を訪れた。両腕に大量の本を抱えており、また図書館から新しい本を借りて持ってきたようだった。

美咲は場所を譲り、入れ替わりに出ていくこととした。

「卯野先生、いつもありがとうございます」

すれ違いざまに母親が深々とお辞儀をする。美咲も礼を返し、部屋を出ていく。

母親はテーブルに新しく借りてきた本を並べながら、明るく振る舞っている。母親も、娘の最近の異変には気が付いているようだった。

「ねえ、澪舟。母さんね、今回のチョイスには自信があるのよ。この推理小説の続編なんかね……」

「お母さん」

澪舟が母親を遮る。母親は顔を上げ、娘の顔を見つめる。

「いつもありがとうね」

「どうしたのよ、急に改まって」

澪舟は窓から見える図書館の方を見つめる。

「あの小さな図書館の中にある本、全部読もうって約束だったんだけど。私、やっぱり無理みたい」

母ははっと、口をつぐんでしまう。不自然な間の後、母は震える声で話し始める。

「なに変なこと言ってるの。本ばっかり読んでさすがに飽きたんでしょうけど。まだまだ時間はたっぷりあるんだから、ゆっくり自分のペースで読みなさい。そして、また感想を私に教えて」

「そうね……。時間はたっぷりあるものね」

澪舟は図書館を見つめたまま、気のない返事をする。

「お母さん」

「ん？」

「ありがと。大好き」

母はとうとう堪えきれずに泣き出してしまい、ベッドの上で腰掛けている娘を強く抱きしめた。

病室の入り口の戸にもたれかかって中の話を聞いていた美咲は複雑な表情を浮かべ、立ち去っていった。

◇八月九日　午後五時三〇分　入院一五六日目　記載者：卯野美咲

その日、美咲は定時に病院を出た。全ての部屋の手術が、時間内に終わったからだった。お盆で大きな手術を希望しない患者が多かったこともあるが、こんなことは高難度手術が毎日何件も並列で行われる御国渚医療センターにおいて、非常に珍しいことだった。

病院を出たところでふと、美咲は例の小さな図書館に足を運んでみようと思い立った。度々話題に上る図書館を、自分の目でも見てみようと思ったのだ。

美咲は図書館の敷地に入り、庭園のアーチをくぐって、建物の中に入った。病院のすぐ近くにあるのに、今まで忙しくて立ち寄ろうとも思わなかった。

簡単な受付を済ませ、中へと進む。建物の内部は冷房がよく効いていて涼しい。規模が小さいとは言っても、やはり大量の本棚が整然と立ち並び、書物が詰め込まれている。建物の中央は吹き抜けになっており、二階にも本棚が並んでいるのが見渡せる。

吹き抜け部の中心部にはテーブルや座椅子が並べてあり、持ってきた本を読めるスペースになっている。あるテーブルの近くには、文庫の小説が並べられた棚があった。仁哉は四年前、この棚から小説を持ち出して読んだのだろうか。ありし日の二人の姿を思い浮かべる。後に起こる悲劇など知る由もなく、幸せなひと時を過ごす二人の姿を。二人はこの幸福な時間がずっと続いていくことを、疑いもしなかっただろう。

今度は、本棚の間の通路をゆっくりと歩いてみる。美咲は目に付いた本棚の中から本を取り出しては、一番最後のページに貼ってある貸し出し者の名簿を見ていく。その中の何冊かには、『シラカワ　ミフネ』の名前があった。母親が澪舟の名義で借りた本なのだろう。

せっせと本を借りていく母親と、それを夢中になって読んでいく娘の姿が目に浮かぶ。彼女達は、本気でこの図書館の本を全て読破する気だったのだ。『シラカワ　ミフネ』がこの世を生きた痕跡を、一つでも多く残そうとするかのように。

しかし、親子の願いが叶うことはないだろう。この図書館の蔵書数は二万冊程あるということだった。一日に一〇冊読んでも、六年近くかかる計算だ。二人の共同作業が目標を達成することはありえない。それは、澪舟の余命を考えれば明らかだ。でもそれなら、親子二人の願いは、想いはどうなる？　遂げられなかった想いは、この世界のどこへと行くのだろうか。

仁哉は澪舟のためにあと何ができるのか、美咲に問いかけた。きっと誰に聞いても、皆答えを知らなかったからだろう。だが、答えは自分自身で見つけるしかない。仁哉には仁哉にしかできないことがあるはずだ。他人が考えることではない。じゃあ、美咲にも何かできることはあるだろうか。あの愛しくも哀れな女性のために、自分にしかできないことが。

美咲は最後に手に取った本を閉じると、本棚の元の場所へと戻した。ふと、自分がこんなにも誰か他人のことを考えたことは初めてだと気が付く。美咲は初めて沸き上がった自分の感情に戸惑いつつも、図書館を後にした。

◇八月二〇日　午前二時〇〇分　入院一六七日目　記載者：明護仁哉

『仁ちゃん、起きてる？』

澪舟からメールが届いたのは、深夜午前二時の頃だった。仁哉は自分の公舎にいた。澪舟のことで頭がいっぱいで横になっても眠れない仁哉は、すぐにメールに気が付く。

『どうした？　何かあったのか？』

仁哉がメールを返すと、澪舟からもすぐに返信が返ってくる。

『会いたいの。今すぐに』

仁哉は携帯を握りしめ、すぐにベッドを飛び出した。

仁哉が息を切らせて澪舟の病室に辿り着くと、部屋の中には誰もいなかった。仁哉が部屋の中を見渡していると、再び携帯にメールの着信があった。

『五階の渡り廊下にいます。……バルコニーの鍵って、借りてこられる？』

御国渚医療センターは外来診療棟と入院病棟が並列して立っているが、五階までは渡り廊下でつながっている。五階の渡り廊下は海側がガラス張りになっており、バルコニーが見渡せる。バルコニーには砂利敷きに木が植えられて、ちょっとした庭園になっている。しかし、高所で患者が出歩いていては危険であるため、完全に観賞のための庭として、普段はガラス戸の鍵は閉められていた。

澪舟がいつもその渡り廊下を通る度に、外に出てみたいと言っていたことを仁哉は知っていた。

仁哉は一階の守衛の所に行って頼み込み、バルコニーの鍵を借りる。仁哉のあまりの必死さに、守衛は何も理由を聞かずに鍵を渡す。

仁哉が走って五階の渡り廊下に辿り着くと、澪舟がバルコニーを見つめて立っていた。廊下に人通りはなく、照明は消されていた。月明かりだけが、澪舟を照らしていた。

澪舟が仁哉が近づいたことに気が付く。仁哉が汗だくになり、肩で息をしているのを見て、「アハハハ……」と困り顔で笑う。

「こんな夜遅くにごめんね。でも、本当に鍵、借りられたんだ。わがまま言ってみるもんだなぁ」

仁哉が鍵を開け、二人はバルコニーに出る。真夏でも、深夜の空気は冷たい。

初めてバルコニーに出ることができて、澪舟は昂揚しているようだった。空気は澄み渡り、水平線沿いに浮かぶ月に照らされて、海は遠くの方まで見渡せる。遠くから、小さく波の音が聞こえてくる。

「わぁー。思ってた通り、すごい綺麗な眺め。誰もいないのも最高。でも、ちょっとだけ肌寒いかな」

「風邪ひくぞ」

澪舟は薄手の病衣を着ているだけだった。仁哉が澪舟の肩をそっと抱き寄せる。

「うん、ありがと」

しばらく二人は身を寄り添えたまま、海を見つめていた。やがて、澪舟が小さな声で話しかける。

「ねぇ、なんで急に呼んだのか、聞かないの？」

仁哉は答えることができなかった。どんな風に話を進めても、澪舟に迫る死について触れてしまうような気がしたからだった。

澪舟は仁哉から離れ、黙ったまま歩き出した。数歩ほど歩いたところで、仁哉の方を振り返る。

「ねぇ見て。私のお腹、この数日間でますます硬くなってるの。石みたいに」

病衣を少しめくり、硬く腫れたお腹を見せて擦っていた。

「こんな状態でも生きていられるから不思議よね。でも、怖いの。まるで、自分がどんどん人間じゃないものに置き換わっていってるみたいで。ほんとにこのまま石になっちゃうんじゃないか、って……」

仁哉は慎重に言葉を選んだ。

「大丈夫だ。澪舟はまだまだ生きられるし、ちゃんと人間だよ」

「嘘よ。自分の身体のことだもん。日に日に怠くなってきて、生命力みたいなものがなくなってきてるのが分かるの。……でも、人間のまま死ねるのなら、いっかなぁ」

「澪舟……」

仁哉はそれ以上偽ることができなかった。腫瘍は確実に澪舟の命を蝕んでおり、いつ灯が潰えても不思議ではなかった。腹膜偽粘液腫は非常に緩徐に進行し、年単位で死への恐怖を与え続ける残酷な病気だった。

澪舟が再び仁哉の方へ歩み出す。

「回診の度に、診察だって言って仁ちゃんが私のお腹を触れてくれるのが嬉しかったんだ」

澪舟は仁哉の右手を自分の手に取り、両手で包み込んだ。

「いつも今日が最後になるかもしれないと思って、仁ちゃんの手の感触をずっと憶えておこうと思うの。でも、不思議なんだな。一日過ぎるとまるで嘘みたいに記憶がぼやけて、感触が薄れていってしまう。また触れてほしいと、思ってしまう……」

時刻はちょうど月の入りの時刻だった。月は水平線へと沈み、あたりはほんの少し先も見えない程に暗くなってしまった。今はもう、澪舟の顔もよく見えない。

澪舟は仁哉の右手を自分の頬にあてがった。澪舟の頬の感触と暖かみが、右手を通して伝わってくる。

「仁ちゃん忙しいのに、今日は急に呼んじゃってごめんね。私が死んだら、仁ちゃんの中の私の記憶も一日ごとに薄れていっちゃうんだなー、と思ったら急に悲しさが込み上げてきて、眠れなくなっちゃったんだ」

「俺は、澪舟のことを絶対に忘れない」

「無理よ。仁ちゃんも人間だもの」

澪舟はうつむいていた。鼻をすする音が聞こえてくる。澪舟は泣いているようだった。

「でも、ありがと。嬉しい……」

仁哉は澪舟の華奢な肩を抱き寄せた。澪舟が壊れてしまいそうになる程の強さで、抱きしめ続けた。澪舟は正直とても痛かったが、負けないくらいの強さで仁哉の胸を抱きしめようとした。

二人はいつまでも抱きしめ続けていた。空はいつしか白み始め、青く染まろうとしていた。

◇八月二六日　午前三時一〇分　入院一七三日目　記載者：明護仁哉

澪舟の容態が急激に悪化したのは、早朝未明、午前三時頃のことだ。突然四〇度以上の高熱が出て、寒気で全身が震え出した。腹痛も急激に強まっていた。すぐに仁哉が呼ばれ、あらゆる病原菌に有効な広域抗菌薬の投与が開始された。できうる限りのあらゆる検査を行い、各種検査の結果が出揃い始めた頃には他の医師達が顔を見せ始める時間帯になっていた。

仁哉は早朝に撮影したばかりの造影ＣＴの画像が示す事実を信じることができず、何度も見直す。最初にその画像を見た時、四年前に初めて澪舟のＣＴを撮った時以上の衝撃が走った。

仁哉が外科病棟のナースステーションでＣＴ画像を見て方針を練っている時、美咲が駆け寄ってきた。医局の電子カルテで澪舟が急変したことに気づき、駆け付けたようだった。

「澪舟ちゃん、一体何があったの？」

美咲は息が上がっていた。余程慌てて走ってきたらしい。仁哉はありのままを話す。

「澪舟の腸管が破裂している。圧に耐えられなくなってしまったんだ」

澪舟の腹腔内はほぼ腫瘍で埋め尽くされており、腸管は残されたわずかな空間に押しやられていた。そのわずかな空間さえも押し潰され、圧力に耐えられず、とうとう腸管が破裂してしまったのだ。澪舟の痛みが日々強くなっていたのも、腸管が破裂寸前になっていたからだろう。

腸管が破裂した場合、中の腸内細菌が腹の中いっぱいに広がり、激烈な炎症を起こす。腹膜炎という状態であり、直ちに手術をして腸管を修復し、腹腔内を大量洗浄しなければ命を落とす。

しかし、澪舟の場合は手術の適応とはならない。たとえ手術をして一時的に延命することはできても、腹の中に腫瘍がある限り何度でも腸は破裂するだろう。それは、澪舟の苦しむ時間をいたずらに延ばしているだけに過ぎない。

「そんな……！」

美咲は継ぐ言葉が見つからない。いよいよ目前に迫っているのだ、澪舟の『終わりの時』が。

「とにかく、今は抗生剤が効くことを祈るしかない。卯野、澪舟を診に行ってきてくれるか。点滴薬は追加してみたが……。痛みが更に強くなっているようだった」

「すぐに行ってくるわ」

美咲は澪舟の病室に向かう。苦しみを取り除くためにできることは何でもするつもりだった。

仁哉は病室に向かう美咲の背中を見送った。美咲に、澪舟の苦しみを取り除くよう頼むことしかできない自分の無力さに、打ちひしがれていた。

◇八月三〇日　午後四時四五分　入院一七七日目　記載者：卯野美咲

夕回診のため、美咲は澪舟の病室を訪れる。夏至を過ぎ、ゆっくりとではあるが陽が落ちるのが早くなっていた。部屋の中が、少し暗く感じた。

抗生剤がわずかなりとも病勢を抑え込んでいるためか、澪舟の全身状態はかろうじて保たれている。しかし、激烈な炎症反応が起こっていることは間違いなく、澪舟の体内循環は少しずつ悪くなり、酸素の投与が必要となっていた。

はぁ……、はぁ……、はぁ……。

ポコポコポコ……。

　中央配管からチューブを通して、澪舟の酸素マスクへと酸素が送り込まれている。気道内の乾燥を防ぐため、チューブの途中には加湿器が接続される。加湿器の中の蒸留水が酸素で泡立てられ、ポコポコポコと音を立てる。うるさくはないが、ずっと聞いているとどことなく不安を煽られる音だった。

　美咲が、ぐったりとベッドにもたれかかっている澪舟に話しかける。ベッドは頭側が高くなるように機械で折り曲げられていた。

「澪舟ちゃん、大丈夫？　何かしてほしいことはない？」

「うん、大丈夫。ちょっとだけ息苦しいけど、今日はむしろ調子がいいくらいなの」

　澪舟は息が上がり、汗をたくさんかいていたが、笑顔を作って応えて見せた。少しだけ考え込むような素振りを見せて、澪舟は続ける。

「ねぇ、美咲先生」

「……なぁに？」

　美咲は訊ねる。

「実はね……。美咲先生にはずっと隠してたことがあるんです」

「……どんなこと？」

　澪舟は息を切らせながらも、エヘへと笑う。

「実は私、仁哉先生と付き合ってるんです。ずっと前から」

「……」

ごめん、知ってた。美咲は心の中でだけ答える。

「不愛想に見えることもあるけど、良い人なんです」

うん、それも知ってる。

「今日はすごい大変な手術を任せられてるんですって。でも、彼女がこんな辛い時に、手術してる場合じゃないでしょ、って感じですよね」

本当だよね。

「仁ちゃん……、仁哉先生はとても不器用なんです」

……不器用？

「不器用で、泣き虫なの。いつも私の病室に入ってくる度に泣いているのに、ずっと涙が出るのを我慢しているの。バレバレなのに、私に気づかれてないと思ってるんです」

不器用で、泣き虫……。

「美咲先生にお願いがあるの」

澪舟は少しだけ笑った後、美咲の方へ向き直る。その表情は今までになく真剣で、いつものあどけなさはなかった。

「仁ちゃんが泣いてたら、励ましてあげてください。……たぶんこれは、美咲先生にしかお願いできない」

「……！」

美咲は驚く。美咲と仁哉は、今まで澪舟の前で特別な会話をしたことはなかった。

だが、澪舟の表情は確信に満ちていた。……きっとこの子はもう既に、現世の常識を超えた場所に踏み入れているのだろう。現世よりも、天国に近い場所へ。

「約束するわ」

美咲は深く頷いた。澪舟は最後にもう一度だけ、笑って見せた。

「もう何回言ったか分からないけど……。本当にありがとう」

美咲ももう一度だけ頷き、病室を出て行った。澪舟の想いのバトンを、確かに握りしめて。

◇八月三〇日　午後一一時四五分　入院一七七日目　　記載者：明護仁哉

時刻はもうすぐで、日付が変わる頃になろうとしていた。

仁哉は朝からひたすら手術室に籠っていた。仁哉が任されていた手術は膵頭十二指腸切除というもので、腹部外科で最高難度とされる術式だった。しかも、切除不能との境界線上に位置する程の進行癌であり、最初から手術は一〇時間以上かかるであろうことが予想されていた。

澪舟はいつ危篤になってもおかしくない状態であり、仁哉は気が気ではなかった。今日は朝に病室に行ったきり、会えていない。

仁哉にできることは、一秒でも早く、確実に手術を終えることしかなかった。心身ともに疲労の限界であったが、最後の力を振り絞り、手術を終了へと導いていく。

工程の大部分が終了し、あと少しで手術が終わるというところで、隅の棚に置かれていた仁哉のＰＨＳが突然鳴り響く。けたたましいコール音が、朦朧とした仁哉の頭に響く。

仁哉がＰＨＳの方を振り仰ぐ。外回りの看護師が代わりに電話に出る。

「明護先生――」

◇八月三一日　午前七時〇〇分　退院日　　記載者：卯野美咲

その日の朝、美咲は通勤路である緑道を息をはずませながら駆けていた。いつものように空は青く晴れ、悲しくなる程遠くまで澄み渡っていたが、潮風は夏のものとは思えない程冷たかった。

美咲はいつもの時刻より早く病院に到着した。手術麻酔が始まる前に、病棟の受け持ち患者を診てまわる。まず最初に、澪舟のいる七階病棟へと向かった。容体が急激に悪化していた澪舟が気がかりだった。

七階へと到着し、病室へと向かう前にナースステーションの電子カルテで夜間の経過をチェックしに行く。

途中ナースステーションに入る前の廊下で、処置台を押しながら病棟の回診をしている外科医の一群とすれ違った。四、五人の輪の中には仁哉もいた。美咲は軽く会釈をして、脇を通り過ぎようとした時だった。

美咲は奇妙な違和感を覚える。

最初は違和感の正体が分からなかった。パソコンの前の席に着き、再び仁哉達の方を振り返った。

仁哉は陽気な上司達の冗談に合わせて笑って見せている。表面上笑ってはいるが、どこか空虚で、まるで魂が抜け落ちているかのようだった。美咲は、そのようにへらへらと笑う仁哉を見たことがなかった。

美咲は嫌な予感がし、急いで電子カルテに自身のＩＤとパスワードを入力し、『白河澪舟』のカルテ画面を開いた。

電子カルテのモニター画面に表示された記事を読み、美咲は言葉を失った。

『午前六時四三分　心拍停止。ご家族見守りのもと、死亡確認した。記載：明護仁哉』

美咲は慌てて、澪舟の病室に駆け込んだ。部屋の位置的に、回診はまだ回ってきていないようだった。

澪舟が、いた。

だが、病室に横たわっていたのは生前のあどけなく微笑む女性ではなかった。顔からは生気も血の気も失われていた。表情はなく、薄く開けられた眼は虚ろに何もない中空へと向けられていた。遺体は葬儀屋に運び出される直前で、既に白い死に装束を着せられていた。天国に持っていくつもりだったのか、一冊の本だけを抱えて。

美咲の眼前には、ただただ『死』という現実が横たわっていた。職業柄、死者を見ることには慣れているつもりだった。澪舟より遥かに若く、幼い子供が亡くなっているのを見かけたこともあった。だが、予測されていたはずの『死』に、自分がこれ程までにショックを受けていることに動揺していた。

澪舟の体が横たわっているベッドの脇で、母親が娘を見つめて座っていることに、遅れて気が付く。母親は既に涙も何もかも流しつくして、いつもよりひとまわり小さく萎んでしまったように見えた。動かなくなった娘を見る眼には、娘と共に過ごしたかけがえのない日々が映っているのだろうか。

母親も美咲が訪れたことにやっと気が付くと、静かに話し始めた。

「……卯野先生、この子を褒めてあげてください」

母親が、亡くなった娘の髪を慈しむように撫でる。

「この子、亡くなる最後の瞬間まで弱音も、泣き言も言わなかったんです。最後の最後まで、一度も。……だから、褒めてあげてください。強い子だったね、って」

「……」

美咲は何か言おうとするが、声が言葉になって出てこない。母親は澪舟を見つめたまま、続ける。

「……美咲先生は、子供がいるのかしら？」

「いえ、まだ……」

美咲は流れてしまった子供のことが脳裏をよぎり、しくりと心が痛む。

「親というのは、ただ子供が元気に成長していくのを願っているものなんです。私はただ、この子がよぼよぼのお婆ちゃんになるまで、人生を楽しんでもらいたかった

「……」

「……！」

美咲は身体の奥から湧き出るものが溢れそうになるのを、すんでの所で堪える。

「……ご愁傷さまでした。失礼します」

美咲はボソボソと言いながら一礼をすると、病室を出てトイレの個室へ駆け込んだ。

美咲は初めて、患者のために泣いた。

◇九月二三日　午後一時三〇分　退院後二三日目　記載者：卯野美咲

澪舟が亡くなって以降、仁哉は別人のように衰弱していった。澪舟の死は美咲の心に暗い影を落としていたが、仁哉は遥かに深い傷を負っていた。澪舟を看取った朝こそ普段と変わらぬように装っていたが、後日美咲が話しかけた時には仁哉は適当に相槌を打つばかりで、心ここにあらずだった。美咲が何を話しかけても仁哉には響かず、まるで虚空に向かって話しかけているかのようだった。

外見上も日に日にやつれていき、痩せていった。ろくに眠らず、食事を取っていないことは明らかだった。

その日は、仁哉が執刀の手術に、美咲が麻酔を担当していた。大腸癌の手術であり、容易な症例ではなかったが、仁哉にとっては決して難しい手術ではないはずだった。

仁哉は手術室に入った時点で既にふらついており、手術室のスタッフの誰もが不安になった。

仁哉は掠れるような声で手術の開始を宣言する。メスを持ち、手術を開始するが、いつもの精彩はない。第一助手を務めていた医師も、普段はあまり口出しをしないタイプの人間であったが、仁哉の危なっかしさについつい声を荒らげる。

仁哉は辛うじて大きなトラブルを起こすことなく手術を続けていた。だが、手術開始から一時間ほど経過したところで、仁哉の身体がゆらゆらとぐらつき始める。美咲が「あ、あぶない」と思った次の瞬間には、仁哉は受け身をとることなく、棒立ちのまま真後ろに倒れてしまった。

「明護先生、大丈夫!?」

美咲が倒れた仁哉に駆け寄る。仁哉は顔面蒼白でぐったりとしており、美咲の呼びかけに応えることができない。

すぐに仁哉は担架で救急室に運ばれることとなった。手術室は一時騒然としたが、すぐに代わりの外科医が呼ばれ、手術は続けられた。美咲もその場を離れるわけにはいかず、運ばれていく仁哉を心配そうな面持ちで見送る。侍のように剛毅だったはずの男は、抗うことすらなく担ぎ出されていった。

仁哉が運び出されていくのを、手前の廊下で瀧本が見届けている。だが、仁哉にかける言葉が見つからないようだった。事情を知る瀧本は、自分では力になれないということを、よく弁えているようだった。

仁哉の代わりに呼ばれてきた医師が毒づく。

「まったく、明護はどうしちまったんだ。最近のあいつはまるで使い物にならんな。やる気がないなら辞めてしまった方がいいんじゃないか」

そばにいた美咲が何かを言おうとしたが、何を言ってよいのか分からず、口をつぐんでしまった。美咲はそのまま自分の椅子に座って物思いにふけり、黙り込んでしまった。

仁哉は点滴を受けて間もなく意識が回復したとのことであったが、その事件以降も仁哉の様子は沈む一方であり、元に戻ることはなかった。

◇九月三〇日　午前一〇時一〇分　退院後三〇日目　記載者：卯野美咲

仁哉が倒れた事件から一週間後のある日、美咲は初めて、有給休暇というものを取った。

時間を決めずに、自然に目が覚めるまで眠り続けた。自分が借りている部屋のベッドで目が覚めた時、カーテンを透けて部屋の中に差し込む光は明るかった。時刻は午前一〇時を過ぎていたが、身体は驚く程軽く、体調の回復を感じた。日々の仕事に忙殺され、自分が如何に慢性的に疲れていたのか、初めて気づいたような気がした。

時間に急かされることなく、ゆっくりと自分のペースで外出のための身支度をする。軽く化粧をして、白のカットソーに青のデニムといった身軽な服装で出かけた。

モノレールで遊園地のある港湾エリアへ向かった。美咲は駅を降りると、以前から行きたいと思っていたカフェテラスへと歩いて行った。

目的のカフェテラスは海沿いに広がるショッピングモールの中にあった。ＳＮＳでもしばしば取り上げられる人気店で、ベイクサンドが有名だった。休日は常に行列ができており、一人で入る気には到底なれなかったが、さすがに平日の昼前なので然程並ばずに入店することができた。店の内装も人気店にふさわしい洒落たものになっており、こだわりのインテリアが目に煩くならないように配慮されている。テラスには一〇組程の客席が設置されており、海が眺望できる。美咲はテラスに近い、窓際の明るい一席に案内された。

美咲はベイクサンドと、デザートにパフェを注文した。注文した料理が美咲のテーブルに運ばれると、思わず気分が沸きたつ。美咲はスマートフォンで料理の写真を撮り、ベイクサンドを口に運ぶ。一口食べた瞬間から多彩な具の風味と心地の良いパン生地の食感が口の中に広がり、幸福な気持ちになる。パフェの方も、品のあるクリームの甘味とフルーツの酸味のバランスが絶妙で、いくら食べても飽きない。

ＳＮＳで人気の店に行って盛り上がるなんて、自分にもミーハーな所があるじゃないか、と一人笑ってしまいそうになる。だが、ふとした瞬間に澪舟の顔が脳裏をよぎる。

澪舟は亡くなるまで、一年半もの長期に亘って何一つ固形物を口にしていなかった。こうして、普通の女の子のようにスイーツを食べてはしゃぐこともできなかったはずだ。

この世界には、当たり前に食事を取ることさえできない人がいる。

美咲は何も悪いことをしていないはずなのだが、何故だかとても申し訳ない気がして、途中でスプーンを置いてしまった。

美咲はカフェテラスを出ると、どこに行くともなく、気の赴くままに港湾沿いの道を歩いた。ショッピングモールを出て、何となくオフィスエリアに隣接する遊園地の方に向かう。

街路の一角に設置されたベンチが日陰になっていたので、美咲はベンチの真ん中に腰かける。オフィスエリアの端も海に面しており、ベンチからは海と、幅三〇メートル程の河を挟んだ向こう岸に遊園地を見渡すことができた。平日であったが、大学生のカップルや就学前の子供を連れた親子で遊園地はそれなりに賑わっていた。美咲の座るベンチの周りを、一羽の白い鳥がトコトコと散歩している。このあたりではあまり見かけない鳥だが、最近どこかで見たような気もする。

美咲はぼんやりと波の寄せては返す動きや、遊園地のアトラクションが陽気な音楽を鳴らしながら動く様を眺めていた。何人か通りがかりの男に声を掛けられた気もするが、全て無視した。

どれくらいそこに座っていただろうか。二、三時間程座っていたかもしれない。最初は明日からの仕事のことや、日々の些細なニュースのことを考えていたが、頭の中で反芻しているうちに徐々に余計な考えが消えていく。最終的には最近起こった様々な出来事や、今までの自分の人生を振り返っていた。

何も考えず、ただ両親の言うまま従順に生きてきた。それで順風満帆にやってこれたし、大きな問題はなかったはずだ。でも、今こうして空虚な気持ちになってしまっているのは何故だろうか。虚しさを紛らわすために無為に男と身体を重ね、心にも身体にも嘘をつき続けている。自分が本当にやりたかったこととは、自分が本当に欲しかったものとは……。

ぐるぐると巡る考えに疲れた美咲は、そっと目を閉じた。

目を閉じてみると、世界には様々な音が溢れていることに気が付いた。波が寄せては崩れ、引いていく音。遠くではしゃぐ子供達の声、自分の身体を撫でて吹き抜けていく風の音。日々戦場のように予測外の事態が起こり、指示指令や不平不満といった雑音で溢れる環境で働いている美咲にとって、それらの無為で単調な音はとても心地がよかった。自分の身体の枠が融けてなくなり、波や風と一体になったような感覚に包まれた。

自分が立ち会うことができなかった濤舟の最期に、思いを巡らせる。

濤舟にはもう、人生のくだらない問題でくよくよ悩むことも、こうして波や風の音に安らぐこともできない。だが、死ぬ最後の瞬間まで弱音を吐くことや、自分の運命を呪うことをしなかった。死の恐怖と戦い続け、勇敢だった。そんな澪舟と比べて、自分はなんてくだらないことで悩み、立ち止まっているのだろうか。

その時、美咲の眼前を横切るように白い鳥が羽ばたき、美咲ははっと我に返った。

『鳥は空を、船は海路を。誰かの想いを背負って運んでいくの――』

美咲が再び目を開けると、ちょうど遊園地の中のメリーゴーラウンドが動き始めたところだった。音楽が鳴り始めるのと共に、一列に並んだ馬が一斉に走り出す。メリーゴーラウンドの馬に乗っている子供達は皆楽しそうにはしゃいでおり、顔を輝かせていた。

ふと、自分はメリーゴーラウンドの馬と同じかもしれないと思った。

偽りの笑顔を浮かべながら、予定調和の上下動を繰り返し、動きを止めるその日まで決められた輪の中を延々と廻り続ける。機械仕掛けの悲しき鋼鉄の馬。

いや、子供達の夢を背負っているだけ、自分より馬の方がまだましかもしれない。

でも、その決められた輪を外れて、一人自由に駆け出すことができたなら。

誰かの想いだけを背負って、この身一つで駆け出すことができたなら。

美咲は立ち上がり、鳥が飛んで行った先を振り仰いだ。

その視線は遥か遠く、空と海の境界線へと向けられていた。

◇九月三〇日　午後四時〇〇分　退院後三〇日目　記載者：卯野美咲

山崎は仕事を終え、自社の建物の正面入り口から出た。時刻は例によって、午後四時ぴったりだった。建物を出たところで、目の前の正面に美咲が立っていることに気づく。

「美咲ちゃん……！」

「お久しぶり」

美咲は腕を組んで、山崎を睨みつけている。

「私に何か、言うことがあるんじゃない？」

妊娠が続いていたとしたら、四ヶ月程経つ。まだ悪阻が続いて苦しんでいた頃だろう。美咲が流産したことは、山崎には伝えていなかった。

「美咲ちゃん、君は……」

山崎は美咲の方を指さし、言うこととは何かを考える。山崎にとっても突然のことだったのだろう。その顔はあまりにも間抜けで滑稽だった。

「俺のことが恋しくなって、会いに来たのか？」

美咲は失笑する。そして、山崎に聖母のような微笑みを投げかけた。

「ありがと。相変わらずのゲスっぷりに安心したわ」

ぱーん、という高い音が林立するオフィスビルの隙間に響き渡った。美咲は山崎に歩み寄り、頰に思い切りのビンタを打ち込んだのだ。山崎は一瞬何が起こったのか分からず、ただ呆然と自分の左頰を押さえていた。美咲は既に踵を返し立ち去ろうとしていたが、一度だけ山崎の方を振り返る。その表情は、一点の曇りもない笑顔だった。

「私はあんたのことが好きだった。私にこう思わせたのはあんたが初めてだから、光栄に思いなさい」

そう言うと美咲は再度前を振り向き、山崎の方を二度と振り返ることはなかった。

背後で山崎が何か叫んでいたようだが、ビル風にかき消されて美咲のもとには届かなかった。

美咲は清々しい気持ちで愛車の運転席へと乗り込んだ。憑き物が落ちたような、晴れやかな気分だ。

だが今日の仕事はまだ終わりではない。出待ちがもう一件。……困った男が、もう一人。

◇一〇月一日　午前零時三〇分　退院後三一日目　記載者：明護仁哉

仁哉は日中の仕事を終えた後も、医局の自分の席に腰掛けたまま、呆然として時を過ごしていた。日中は同僚との食事に合わせて、数口分は口にするが、一人になると何も飲み食いする気が起こらない。

最初の頃は通りすがりの医員から心配して声をかけられていたが、いつまで経っても廃人同然の仁哉に、最近では声をかける者はいなくなっていた。仁哉が精神病にかかったという噂が立ち始めていることは知っていたが、どうでもよいことだった。今でも仁哉に心配そうな声をかけてくれるのは、受け持ちの患者くらいだった。

仁哉が机の上の時計を見遣り、独り言を言う。

「ああ、もうこんな時間か……」

時刻は既に深夜一二時を過ぎていたが、そんな時間まで動けずにいることは珍しいことではなかった。

仁哉はふらふらと立ち上がり、のろのろと帰り支度をして、医局を出る。存在感なく歩く仁哉は、まるで病院の中を彷徨う亡霊のようだった。

いっそ、本当に亡霊になってしまおうか。

夜の窓ガラスに映る自分の姿を見て、仁哉は思った。もはや、自分が生きていることの意味すら見出せない。病院の中で死んだら迷惑がかかる。今度自分の家に帰ったら……。自分は病院に戻ってくることがあるだろうか。

仁哉が何とか病院の敷地を出て、大通りに沿って歩き始めて、間もなくした時だった。

向かいから赤色のスーパーカーが猛烈なスピードで走ってきて、仁哉のすぐ横で急ブレーキした。歩道のすれすれまで近づいてきていたので、危うく仁哉の脇を掠めそうになる。

ガチャ、バタン！　とドアを開け閉めし、車内から出てきたのは、卯野美咲だった。美咲は車体の後面をまわって仁哉の方へ歩み寄る。ういー、ひっくと中年親父のように吃逆(しゃっくり)しながら、仁哉に顔を寄せてくる。

「あんた、いくら落ち込んでるからって帰るの遅すぎでしょ」

「お前……酔っぱらっているのか？」

美咲の頬は赤みを帯びており、息はアルコール臭かった。病院の前で出待ちしていたのだが、仁哉はいっこうに病院から出てくる気配がない。待ちくたびれた美咲は近くのコンビニで酒やつまみを買い、車の中で飲んでいるうちにすっかり出来上がってしまっていた。

「相変わらず気の抜けた顔しやがって……。ちょっと私につきあいなさい」

「な……!?」

そういうと、美咲は有無を言わさず仁哉の首を羽交い絞めにし、愛車の助手席に押し込んだ。助手席のドアを乱暴に閉め、自分も運転席に乗り込む。

美咲が一気にアクセルを全開まで踏み込むと、赤のポルトフィーノはあっという間に走り去ってしまった。

車の中は洋楽のハードロックのCDが大音量で流されていた。明らかに法定速度を超えて走行している。美咲は確かに酔ってはいたが、ハンドル捌きは正確で、意識ははっきりしているように見えた。つまり、分かったうえで車を飛ばしているのだ。スピードを緩める様子はなく、街の光が高速で後方へと流れていく。

さすがの仁哉もうろたえ、美咲を責める。

「誘拐、飲酒運転、スピード違反……どう考えても犯罪だ、これは」

「男が細かいこと気にしてんじゃないわよ。捕まったら捕まったで、その時考えるわ」

美咲はあははは、と無邪気に笑っている。

「医師免許も剥奪になるぞ。同乗してる俺も同罪だ」

「そうね。あんたには申し訳ないことをしたわね。医者を辞めた後、どうするか考えなきゃね」

美咲に悪びれる様子は全くない。だが、ふと神妙な面持ちとなり、小さな声で仁哉に請い願う。

「その時は、私と一緒に考えて」

車の紋章が数多の街灯に照らされて煌めく。深紅の『跳ね馬』が、花咲く光の野を駆け抜けていく。

美咲は行き先を告げなかったが、車はどんどん郊外の方へ向かっているようだった。仁哉も既に現在の状況を受け入れて（というよりは諦めて）、大人しく窓の外を眺めている。どうせ、全てのことがどうでも良くなっていたのだ。

「一体どこに向かっているんだ……？」

「着くまでは秘密。前に遊んでた人が一回だけ連れてってくれた場所なんだけど、すごく気に入っちゃって。煮詰まっちゃった時やストレスが溜まった時は、時々思い付きでこうして遊びに行くの。……めちゃくちゃ遠いけどね」

——結局、数時間程車に揺られていただろうか。本当に遠くまで来てしまったようだった。仁哉はこの一ヶ月間ほとんど眠れていなかったが、心地よい車の振動に揺すられ、まどろんでいたようだった。目が覚めた時には、車は深い山道を走行していた。

「お疲れさま。少し眠ってたみたいね。もう少しで着くわ」

林の中の山道を抜けると、車は崖沿いの道に出た。急峻な崖の下にはどうやら暗い夜の海が広がっているようだ。やがて、道路沿いに車数台分の駐車スペースが現れ、美咲はそこに車を停める。

「着いたわ。さあ、行きましょ」

駐車スペースの奥には歩道が続いており、小さな雑木林を抜けて崖の方へ出るようだった。美咲と仁哉が雑木林を抜けると、視界が一気に広がる。仁哉が思わず呟く。

「これは……」

雑木林を抜けた先は丘になっていた。辺りは暗かったが、丘は芝や低木樹に覆われており、所々腰をかけられる程の大きさの岩が剥き出しになっている。丘の向こう側には空が広がっていた。丘を登った先は海の方にせり出していて、岬であることが分かる。

そして、飲み込まれそうな程真っ暗だった空と海の境に、光が射し込み始める。日の光が、徐々に海と、空を照らしていく。夜が明けたのだ。

美咲は子供のようにはしゃぎながら、岬の先端の方へ向かって駆け出していく。岬の先端にたどり着くと、崖から海に向かって、声の限りに叫んでいる。美咲は思いつくままの言葉を、意味も為さないような叫び声を、頭が空っぽになるまで叫び続けた。全てを吐き出した後、美咲は遅れて歩いてきた仁哉の方を振り返る。美咲は息を弾ませていた。

「見なよ！　どんな暗い夜にも、夜明けは必ずやってくるんだ！」

美咲は精一杯両腕を広げて、叫んで見せた。だが、それらは全て、空元気だったらしい。

「……今のあんたに、関係あるかどうか分かんないけど……」

美咲はそう呟いて、振り上げた両腕を下ろした。オレンジ色の逆光に包まれ、表情は暗くて見えなかったが、美咲はどうやら、泣いているようだった。仁哉は少しだけ笑って、答えた。

「なんでお前が泣いているんだ」

岬の先端近くの岩に美咲と仁哉は並んで腰掛け、朝陽が少しずつ昇っていく様を見ていた。お互いに何も喋らず、時折美咲が鼻をすする音と、遠く崖の下で波がぶつかり、砕ける音だけが聞こえていた。日輪が半分程顔を覗かせたところで、美咲が話しかける。

「……澪舟ちゃんのこと、少しも忘れられないの？」

仁哉は朝陽を見つめたまま、答える。その瞳に力はなく、横顔はやつれ、頬がこけていた。

「ああ、情けない話だが、俺はあの日から一歩たりとも進めていない。澪舟が死んだ日の、あの姿が……」

仁哉はうつむき、両手で頭を抱えてしまう。

「澪舟の最後の姿が頭に焼き付いて、離れないんだ……！」

そんな仁哉の様子を、美咲は心配そうに見守る。やがて、海の方に再度視線を向け、美咲は仁哉に問いかける。

「ねえ、あの夜のこと、私にも教えてくれる……？」

美咲の隣で、仁哉が苦渋の表情を浮かべていることが空気を通して伝わってきた。美咲は電子カルテの記事を読み、澪舟が亡くなった夜の経緯は知っていた。だが、仁哉の口から直接、あの夜起こった全てのことを、想いを、吐き出させてやらねばならない気がした。

仁哉は逡巡していたが、やがてゆっくりと話し始めた。

「あの日、俺は……」

澪舟が亡くなった夜の記憶を、仁哉が語りだしていく。

◇八月三一日　午前零時〇〇分　退院日　　　記載者：明護仁哉

間もなく手術が終了するというところで、コールがかかってきた仁哉のＰＨＳに、手術室の看護師が代わりに出る。コールは七階病棟からのもので、用件を仁哉に伝える。

「明護先生、シラカワミフネさんのサチュレーションが七〇パーセント台だそうです！」

仁哉は動揺する。サチュレーション（血中酸素飽和度）が七〇パーセントというのは危機的な値で、対応が遅れれば更に下がり、たちまち亡くなってしまう数値だ。

仁哉が、助手をしていた瀧本の方を窺い見る。瀧本はうなずく。瀧本は事の重大さと緊急性を十分に理解していた。

「明護、行ってきてくれ。後は俺がやっておく」

「……瀧本先生、ありがとうございます……！」

仁哉は手術用のガウンと手袋を脱ぎ捨て、電話をとってくれた看護師に指示を出す。

「酸素をリザーバーマスク全開にするように伝えてください。すぐに行きます、と」

仁哉はそう告げると、澪舟のいる病室へと向かった。

エレベーターを待つ時間さえ惜しまれ、仁哉は階段を駆け上り、病室まで急ぐ。息を切らせ、澪舟の病室のドアを開ける。

暗い部屋の中、病室に付属しているヘッドライトだけが、澪舟と、澪舟に寄り添う母の姿を照らし出していた。

ボコボコボコボコボコボコボコ！

中央配管から澪舟の酸素マスクへと全開で送られる酸素が、途中に接続された加湿器の中の蒸留水を激しく泡立て、けたたましい水泡音を鳴らし続ける。

ゼヒューーッ！　ゼヒューーッ！　ゼヒューーッ！

加湿器の水泡音に相重なって、澪舟の激しく、苦しそうな呼吸音が聞こえてくる。

澪舟は身の置き所がなく、ベッドの上に膝立ちになっていた。呼吸の苦しさを少しでも紛らわせようと、右手には大好きな本を握りしめていた。死への恐怖によって焦燥に駆られ、澪舟の眼は見開かれていた。

「あ、仁ちゃん！」

仁哉の来訪に気付き、喘ぐように呼吸しながらも、澪舟は声に希望を滲ませた。

ゼヒューーッ！　ゼヒューーッ！　ゼヒューーッ！

「なにこれ……！　苦しい……！」

澪舟は自分の胸をつかみ、苦悶に表情をゆがませる。

腸内細菌の毒素が血流に乗って全身を駆けめぐり、激しい免疫応答の嵐が巻き起こっている。もはや澪舟の循環動態は、完全に破綻していた。澪舟の命に、真の終わりが近づいていることはもはや疑いの余地がなかった。

仁哉は一瞬だけ躊躇った後、澪舟の母親の方へ向き直る。

「お母さん、お話があります。一旦病室の外へ」

「私に話……!?」

仁哉は病室の外へ向かう前に、一度だけ澪舟の方を振り返る。

「澪舟、すぐに戻る。少しだけ待っててくれ」

澪舟はつらい表情を押し隠し、一生懸命微笑む。

「うん、待ってる。ありがとう、仁ちゃん」

病室を出ると、母親はすぐに仁哉にすがりついた。

「仁哉君！　澪舟が……！　息が苦しいって！　澪舟の苦しみを少しでも和らげるためなら、何でもしてあげて……！」

「お母さん。澪舟を……、澪舟さんを、苦しみから解放するには……」

「苦しみから解放するには……？」

澪舟を苦しみから解放するために最後に残された手段、それは『鎮静』だった。

呼吸苦に対する緩和治療の最終手段は鎮静薬の投与とされている。鎮静薬の投与により、患者は意識状態の低下と共に呼吸機能が抑制され、呼吸の苦しみから解放される。即ち、患者は眠った状態のまま静かに時が過ぎるのを待つことになる。死を迎えるその瞬間まで。

「お母さん、これから澪舟さんを鎮静薬で眠らせます。呼吸は抑制され、澪舟さんは苦しみから解放されます。ただ……」

「ただ……？」

「澪舟さんと話すことができるのは、これが最後になります」

仁哉の声は震えていた。全身の毛が逆立ち、自身の脈拍と呼吸が速く、激しくなっていくのを感じる。声が嗚咽に変わってしまいそうで、低く掠れるようにしか話せない。だが、患者の家族の前で感情を露わにすることは許されない。仁哉は暴れそうな自身の感情を必死に抑え込んでいた。

「抑制？　最後？　え？」

混乱と悲しみで澪舟の母はすぐには話を理解できない様子だった。仁哉は二回、三回と説明を繰り返した。説明を繰り返す度に仁哉の心に深い傷が抉られていく。仁哉は更に話を続ける。

「重大な決断になります。よく考えて決断しなければなりませんが、判断が遅くなれば遅くなる程、澪舟さんが苦しむ時間が長くなることになります」

母親は一人で現実を受け止めることができず、首をぶんぶんと横に振る。

「私一人では決められない。お父さんと弟が今こちらに向かってるの。お父さんに電話してみます」

母親は廊下の隅の方へ走っていき、父親へ電話をかけているようだった。仁哉は家族の決断を待つ間、ナースステーションに戻り、事実の記載を行う。

『午前零時二六分　麻薬による呼吸苦のコントロールは困難な状態。母親に鎮静の説明を行う。父親に電話をして相談をしてみるとのこと。』

程なくして、母親が仁哉のもとに駆け寄り、廊下から呼びかける。父親との電話を終えた後、澪舟のいる病室に立ち寄っていたようだった。仁哉はナースステーションを出て、母親のいる暗い廊下へ向かった。母親の眼には既に涙が溢れていた。

「仁哉君、鎮静を始めてください。お父さんには電話をしました。もう、苦しむ澪舟を見ていられない……！」

「……分かりました」

仁哉は頷くと、ナースステーションに戻り、注射器に鎮静薬の充塡を始める。鎮静薬の準備を終えると、母親と共に澪舟の病室へと戻る。澪舟の呼吸は変わらず、激しい喘鳴を伴っていた。

「澪舟、仁哉君が良い薬を持ってきてくれたわよ」

母親が眼を真っ赤にさせながら、ぎこちなく笑いかける。

仁哉は鎮静薬を持って澪舟のそばに跪き、話しかける。

「澪舟、これから呼吸を楽にする薬を使い始める。ただ、薬が流れ始めると眠気が強くなってしまうかもしれない。……本当に、使ってもいいか？」

その説明だけで、澪舟は言葉の真意を理解したようだった。澪舟は喘ぎながら答える。

「……はい、お願いします」

仁哉は鎮静薬の入った注射器を点滴に接続すると、急に呼吸が止まることがないよう、ゆっくりとポンプで持続注入を始める。

「これで大丈夫。少しずつ薬が効いてくるからな」

仁哉は澪舟を少しでも安心させようと、微笑みかけた。澪舟も、微笑み返す。

「ああ、本当に仁ちゃんが来てくれてよかった……。仁ちゃん、ありがとう」

『午前零時三六分　鎮静を開始した。』

ボコボコボコボコボコボコボコ！

ゼヒューーッ！　ゼヒューーッ！　ゼヒューーッ！

澪舟の呼吸はまだ激しく、荒い。澪舟は苦しそうに喘いでいる。

仁哉は澪舟の血中の薬液濃度が上がってくるのを待ちながら、ポンプの目盛りを捻り、少しずつ薬液の投与流量を上げていく。

『午前零時四七分　父親と弟が到着。父親に改めて現在の状況を説明した。』

病室の前の廊下で父親と再会する。父親は悲痛な表情を浮かべている。

「仁哉君。澪舟は……」

父親に母親にしたのと同じ話を繰り返した。何度同じ話をしても、心が張り裂けそうになる。自分の無力さによる辛さと申し訳なさで、父親の眼を見ることができない。

「澪舟さんの苦しみを、少しでも取り除いてあげられるように努めます」

仁哉は深く、深く頭を下げた。

『午前一時一六分　喘鳴の若干の改善を認めた。更に鎮静薬の流量を上げていく。』

ボコボコボコボコボコボコボコボコ！

ヒューーッ！　ヒューーッ！　ヒューーッ！

仁哉は澪舟の呼吸状態をチェックしに、数分おきに病室を出入りしていた。鎮静薬の血中濃度が安定していくと共に、澪舟の呼吸は少し抑制され始めているようだった。目を薄く開けていたが、既に意識は朦朧とし始めているようだった。

「……澪舟、苦しくはないか？」

澪舟は無言でゆっくりとうなずいた。

仁哉は澪舟の呼吸が楽になるまで、更に鎮静薬の流量を上げ、病室を後にした。

『午前一時四二分　呼吸状態は徐々に鎮静化。それに伴い、意識レベルの低下あり。』

ボコボコボコボコボコボコボコ！

ハーッ。ハーッ。ハーッ。

「澪舟。澪舟……」

「………」

仁哉は澪舟の肩をそっと叩きながら、呼びかける。澪舟は仁哉の呼びかけで薄く目を開けるが、返事をすることはなかった。母親が涙を流しながら、澪舟の手をずっとさすっている。弟が、嗚咽をあげて姉の名を呼んでいる。

『午前二時一七分　意識が、落ちた。』

ボコボコボコボコボコボコボコ！

スゥー……、スゥー……、スゥー……。

澪舟はもう、目を開けることはなかった。

暗い病室の中で唯一灯されていたヘッドライトの光が、澪舟に寄り添う家族の影を浮かび上がらせている。加湿器の激しい水泡音に混じって、時々家族のすすり泣く声が聞こえてきた。

病室を出た仁哉は、ナースステーションに戻り、もう部屋に戻ることはなかった。

ここから先は、家族のためだけに残された時間だったからだ。

椅子に座り、ナースステーションのモニターに伝送される澪舟の心電図の波形を、ただひたすら見つめて過ごす。

澪舟の最期までの経過は何度もシミュレーションしていたはずだった。最後は鎮静が必要になるであろうことも想定していた。それでも、他にできることはなかったのか、何か見落としていることはないのか、そして今現在の自分の選択は本当に正しいのか……。様々な思いが仁哉の脳裏を駆け巡る。周囲には夜勤の看護師達もいたが、かける言葉が見つからず、仁哉に話しかける者は誰もいなかった。

澪舟の心拍数は最初は一四〇回／分以上の頻脈であったが、少しずつ、少しずつ、ゆっくりとペースを落としていった。一二〇、一一〇……、八〇、七〇……、四〇、三〇……。

そして、澪舟の心臓は動きを止めた。

『午前六時四三分　心肺停止。ご家族見守りのもと、死亡確認した。』

澪舟のモニターが心拍停止を告げるアラームを鳴らすのと同時に、病室の中から澪舟を呼ぶ悲痛な叫びが聞こえてきた。仁哉は目を閉じ、澪舟の家族達が悲しみを吐き出しきるまでじっと堪える。

充分に長い時間を置き、澪舟の病室が静けさを取り戻した頃に、仁哉は病室を訪れた。

既に夜は明け、カーテンのレース越しに光が射し込んでいる。先に訪れた看護師によって酸素の供給は止められており、部屋の中はとても静かだった。澪舟のそばには、瞼を真っ赤に腫らした家族達が静かに並び、仁哉の最後の診察を待っていた。

澪舟は微動だにすることなく、横たわっている。ふと、澪舟のそばに死ぬ寸前まで握りしめられていた本が置いてあることに、仁哉は気づく。澪舟は、その本を最後まで読むことができたのだろうか。物語の結末まで、辿りつくことはできたのだろうか。大好きな本を、もっともっと読ませてあげたかった……。

仁哉は心音と対光反射の消失を確認し、現在の時刻を確認した。

「午前六時四三分、ご臨終です」

既に涙も感情も全てを出し切り、疲れきった家族はただ仁哉の宣告を受け入れ、無言で礼をした。

死亡確認を終え、仁哉は病室を出る。澪舟の遺体はエンゼルケアを受けた後、葬儀屋の到着を待って、病室から運び出されることとなる。

外科の回診は早い。すぐに医師達が集まり、回診が始まる。

仁哉はそこから先のことは、あまり覚えていない。

澪舟が亡くなったことをまだ知らない同僚の医師達が、回診の前に陽気に冗談を飛ばしている。仁哉は疲れ切っており、会話の内容など全く入ってこなかったが、とりあえず周りに合わせて笑って見せる。途中、美咲がすぐ脇を通り過ぎたような気もするが、よく覚えていない。

現実が、まるで現実ではないことのように感じられるようになったのはその頃からで、何を食べようとしても土のような味しかせず、何も喉を通らなくなった。

そして、仁哉の世界から全ての色が失われていった。

◇一〇月一日　午前五時三〇分　退院後三一日目　記載者：卯野美咲

話を終えた仁哉は、黙したまま朝陽の方を見つめていた。美咲も、仁哉が次に言葉を発するまで、隣でじっと待っていた。太陽はちょうど海から離れ、その姿の全容を見せたところだった。

「……俺は、澪舟を眠らせたまま逝かせることを選んだ」

長い沈黙の後、仁哉は再び話し始めた。

「あの時の自分の判断が間違いではなかったことは頭では分かっている。何もしなくても、澪舟は一日と持たず死んでいただろう。それでも、たとえ手術をしてでも、人工呼吸器につないでいでも、澪舟を一秒でも長く生かしておいた方がよかったんじゃないかと考えてしまう。考えが、次から次へと頭をよぎって止まらないんだ……！」

仁哉は自身の頭を抱えて、うつむいてしまった。

「俺が、澪舟の『死』のタイミングを決めてしまったんだ。そのことが、最愛の人を自分の手で『殺した』のと、どう違うって言うんだ？　教えてくれ、卯野。お前は鎮痛・鎮静のプロなんだろう……？」

美咲は仁哉の問いかけに何も答えることができず、ただ、仁哉が吐き出した感情を受け止めることしかできなかった。

医師は、患者の『死』の時期を見極め、時には幕を引かなければならない。もしそれが、自分の愛する人の『死』だとしたら、これ程辛いことはないだろう。美咲は麻酔科の特性上、患者の主治医になることはまずなかった。だが、その辛さは、今なら少し分かるような気がした。

感情の高まりとともに、仁哉の身体はぶるぶると震え始める。震えは徐々に大きくなり、最後にぽつりと一言、呟いた。

「……俺は、澪舟がいなくなって寂しい……」

気がついたら、仁哉は泣いていた。涙をいっぱいに流して、顔をくしゃくしゃにして、泣いていた。今までせき止めていたものが、全て溢れ出すかのように。

美咲は、男の泣き顔というものを初めて見たような気がした。……いや、多分仁哉は澪舟が亡くなるより前からずっと、泣いていたのだ。ただ、やっと感情を表に出せるようになったというだけで。自分という人間は他人の感情に無頓着で鈍感だから、少しも気づかなかった。……そんな不器用な男の涙など、澪舟はとっくに見抜いていたというのに。

『仁ちゃんが泣いてたら、励ましてあげてください』

美咲の中で、澪舟の声が蘇る。

美咲は目を瞑り、そして心の中でだけ、その声に答える。

ごめん、澪舟ちゃん。仁哉よりも不器用な私にはこんな励まし方しか思いつかない。励ましになっているのかどうかすら、私には分からないのだけれど。

人よりちょっとだけずる賢い美咲は、仁哉の正面に跪き、様子を窺う。そして、普段は隙を見せない男の唇を、美咲はそっと盗んだ。あの日盗めなかった、唇を。

仁哉は驚いた表情で、美咲を見る。美咲も仁哉の眼を見つめ返し、仁哉に告げた。

「……あんたの悲しみを、私が全て奪ってやる。これから、どれだけ時間をかけてでも」

そう言って、美咲は自分の胸に仁哉の肩を抱き寄せた。長い間、抱き寄せていた。

岬から望む、一面に広がる朝焼けの海は、まるでこの世界そのもののようだった。この広い世界に、仁哉と美咲の二人しかいなかった。ただ、群れからはぐれた一羽の白い鳥だけが、二人を見下ろして大空を舞っている。遥か遠くから、小さな二人を見守るかのように。

この世界は、悲しみで満ちている。何事もなく平穏に過ごしてきた人にも、この世を去っていく人にも、残されていく人達にも、皆に悲しみは訪れる。

この広い世界に比べてあまりにちっぽけな僕達は、互いに励ましたり、茶化したり、寄り添ったりしながら生きていくしかない。そして時には、いなくなる人から残される人に、想いを託して。

小さな二人を、柔らかな光が包み込んだ。朝陽のぼる、この丘で。

了

著者プロフィール

藤村 樹（ふじむら いつき）

現役　外科医

朝陽のぼるこの丘で　―ふね、とり、うま―

2021年７月15日　初版第１刷発行

著　者　藤村 樹
発行者　瓜谷 綱延
発行所　株式会社文芸社
〒160-0022　東京都新宿区新宿１－10－１
電話　03-5369-3060（代表）
03-5369-2299（販売）

印刷所　株式会社暁印刷

ISBN978-4-286-22686-6